Günter Huth

Der *Schoppenfetzer* und der Brückenkrieg

Foto: Rico Neitzel – Büro 71a

Günter Huth wurde 1949 in Würzburg geboren und lebt seitdem in seiner Geburtsstadt. Er kann sich nicht vorstellen, in einer anderen Stadt zu leben.
Er ist Rechtspfleger (Fachjurist), verheiratet, drei Kinder.
Seit 1975 schreibt er in erster Linie Kinder- und Jugendbücher, Sachbücher aus dem Hunde- und Jagdbereich (ca. 60 Bücher). Außerdem hat er bisher Hunderte Kurzerzählungen veröffentlicht. In den letzten Jahren hat er sich vermehrt dem Genre Krimi zugewandt. 2003 kam ihm die Idee für einen Würzburger Regionalkrimi. *„Der Schoppenfetzer"* war geboren.
2013 erschien sein Mainfrankenthriller *„Blutiger Spessart"*, mit dem er die Simon-Kerner-Reihe eröffnete, mit der er eine völlig neue Facette seines Schaffens als Kriminalautor zeigt. Durch den Erfolg des ersten Bandes ermutigt, brachte er 2014 mit dem Titel *„Das letzte Schwurgericht"* den zweiten Band, 2015 mit *„Todwald"* den dritten Band, 2016 mit *„Die Spur des Wolfes"* den vierten Band und 2017 mit *„Spessartblues"* den fünften Band dieser Reihe auf den Markt.
Der Autor ist Mitglied der Kriminalschriftstellervereinigung *„Das Syndikat"*.

Die Handlung und die handelnden Personen dieses Romans sind frei erfunden. Jede Ähnlichkeit mit toten oder lebenden Personen oder Persönlichkeiten des öffentlichen Lebens ist nicht beabsichtigt und wäre rein zufällig.

Günter Huth

Der *Schoppenfetzer* und der Brückenkrieg

Würzburger Regional-Krimi

Die skurrilen Kriminalfälle des Würzburger Weingenießers Erich Rottmann

Viel Spaß!

echter

Zur Erinnerung an den Verleger
Peter Hellmund

Günter Huth
Der *Schoppenfetzer* und der Brückenkrieg

Cover: Konzept Peter Hellmund
Ausführung: Tobias Klose – Büro71a
Gestaltung Innenteil: Crossmediabureau – http://xmediabureau.de
Gedruckt und gebunden von C.H. Beck, Nördlingen
Lektoriert von Monika Thaller

1. Auflage 2018

ISBN
978-3-429-04491-6 (Print)
978-3-429-04983-6 (PDF)
978-3-429-06393-1 (ePub)

www.echter.de

Prolog

Marcel sprang, immer drei Stufen auf einmal nehmend, ins nächste Stockwerk hinauf. Die leere gelbe Kuriertasche aus wasserdichtem Kunststoff mit der Aufschrift „Lieferblitz“ schlug gegen seinen Rücken. Er verglich die Adresse in der Zellerau noch einmal mit seinem Auftrag, dann läutete er. Ein kahlköpfiger Mann mittleren Alters öffnete. Beiläufig registrierte Marcel eine auffällige Tätowierung am Hals. Als der Auftraggeber den Kurierfahrer sah, griff er hinter sich und holte von einem Bord einen dicken Umschlag.

„Diese Sendung muss so schnell wie möglich in die Domstraße, die Adresse steht drauf. Sie werden schon erwartet.“

Marcel öffnete seinen Rucksack und schob den Umschlag hinein. „Ist praktisch schon erledigt“, erklärte er lächelnd, während er die Tasche schloss und sich auf den Rücken warf. Der Mann drückte ihm einen Geldschein in die Hand.

„Ich muss mich auf Sie verlassen! Die Post ist wirklich sehr wichtig!“

Marcel bedankte sich für das Trinkgeld, dann rannte er schon wieder die Stufen hinunter. Der eng anliegende schwarz-rot-gelbe Fahrraddress schmiegte sich wie eine zweite Haut an seine schlanke, drahtige Figur und bot ihm jegliche Bewegungsfreiheit. Marcel zog den Kinnriemen des Fahrradhelms fest, dann schwang er sich auf sein neben dem Eingang abgestelltes Rennrad und trat kräftig in die Pedale. Sehr schnell schaltete er in den Gängen hoch und erreichte in kürzester Zeit eine Geschwindigkeit, die es mit den Pkws locker aufnehmen konnte. Mit geschickten, aber auch riskanten Manövern schlängelte er sich durch den Verkehr, was so manchen Autofahrer zu wütenden Kommentaren veranlasste. Marcel liebte dieses Spiel mit seinen Kräften, den Möglichkeiten des

Rads und der Geschwindigkeit. Dieses Zusammenwirken ermöglichte es ihm, seine Aufträge unvergleichlich schnell zu erledigen.

Schon beim Antritt der Fahrt hatte er sich im Kopf die schnellste Route zurechtgelegt. Wie ein Pfeil raste er die Zeller Straße hinunter, wobei er eine rote Ampel überfuhr. Der kürzeste Weg in die Domstraße führte über die Alte Mainbrücke, für Kraftfahrzeuge gesperrt, für Radfahrer frei. In gefährlicher Schräglage bog er kurz darauf auf die Brücke ein, wobei ihm die dünnen Reifen mit dem schwachen Profil auf dem Kopfsteinpflaster fast weggerutscht wären. Einige Fußgänger gaben ärgerliche Bemerkungen von sich, weil sie ihm hastig ausweichen mussten. Marcel nutzte bei seinen Fahrten häufig die Brücke und war es schon gewohnt, immer wieder mal mit dem Unmut von Fußgängern konfrontiert zu sein. Besonders von mittags bis in die späten Abendstunden hinein war ein Durchkommen schwer, da die Genießer des *Brückenschoppens* an allen Ecken und Enden im Weg standen.

Marcel hatte den höchsten Punkt der Brücke überwunden, stellte sich in die Pedale und beschleunigte stark. Etwa dreißig Meter vor der *Alten Mainmühle* eilte überraschend eine größere Gruppe Menschen, über die Treppe vom Mainkai kommend, auf die Brücke. Hierbei handelte es sich offenbar um Touristen, die sich hektisch wie eine Hühnerschar auf dem gesamten Platz vor dem Straßenausschank der Mühle verteilten. Dabei unterhielten sie sich lautstark und bewunderten die Aussicht. Den schnell herannahenden Radfahrer bemerkten sie nicht. Marcel stieß einen lauten Warnschrei aus und leitete sofort eine Vollbremsung ein! Den Menschen blieb jedoch keine Zeit zu reagieren. Die Reifen des Zweirads verloren den Halt und rutschten über das Kopfsteinpflaster wie über Schmierseife. Das Rad stellte sich quer und Marcel stürzte rückwärts auf die Brücke. Der Kuriersack wirkte dabei schützend, aber auch wie ein Gleitmittel. Mit fast unverminderter Geschwindigkeit knallten das umgestürzte Rad und sein Fahrer in die Menschenansammlung. Dabei riss Marcel eine jüngere Frau von den Beinen, die mit einem lauten Aufschrei herumgeschleudert wurde. In der Nähe des Brückengeländers kam alles zum Stillstand. Für einen kurzen Augenblick herrschte Totenstille. Dann begann unvermittelt lautes Geschrei. Männerstimmen brüllten wütend, Frauen schrien entsetzt. Marcel, noch benommen, fühlte sich in die Höhe gezerrt. Grobe Fäuste rissen an ihm, weit aufgerissene Münder schrien englische Schimpfworte. Geschockt nahm er wahr, dass man auf sein Fahrrad eintrat und es zur Seite schleuderte. Mit dem Rücken taumelte er gegen das Brückengeländer. Plötzlich tauchte eine vermummte Gestalt vor ihm auf, packte ihn an der Brust und ehe er sichs versah, verlor er den Halt und flog über die Brüstung. Bevor er realisieren konnte, was ihm widerfuhr, knallte er mit Kopf und Rücken auf den Asphalt der Straße, die unter der Brücke hindurchführte. Sofort verlor er das Bewusstsein. Der Rucksack und sein Fahrradhelm schützten ihn vor dem Schlimmsten. Nur durch eine Vollbremsung konnte ein herankommender Autofahrer eine Kollision verhindern.

* * *

Würzburg, die bekannte unterfränkische Metropole am Main, erlebte dieses Jahr einen für diese Stadt eigentlich ganz normalen Sommer. Die Bürger stöhnten unter der Hitze. Die, die sich aus den unterschiedlichsten Gründen nicht die frische Brise eines Strandurlaubs in südlichen Gefilden leisten konnten, flüchteten sich in die schattigen Biergärten oder an den Stadtstrand. Selbst die heftigen Sommergewitter fanden keine Gnade vor den Augen der Unterfranken, da sie neben der Abkühlung auch enorme Regenmengen mit sich führten, die im Freien innerhalb von Sekunden jedes Getränk in eine Schorle verwandelten. Also insgesamt ein Sommer, der sich nur wenig von seinen Vorgängern unterschied. Damit hätte man diese Feststellungen auch getrost abschließen und zur Tagesordnung übergehen können, wenn, ja, wenn sich nicht am 12. August dieses völlig normalen Sommers auf der Alten Mainbrücke ein dramatischer Vorfall ereignet hätte, der die Gemüter der Bürger massiv in Wallung brachte. Schon seit Jahren erfreute sich der dort von der anliegenden Gastronomie ausgeschenkte Brückenschoppen bei Touristen und einem Großteil der Einheimischen einer sich stetig steigernden Beliebtheit. Jeder, der Lust und Laune hatte, konnte sich dort mit einem Schoppen versorgen und diesen alleine oder im Kreise Gleichgesinnter in Ruhe genießen. Nach Ansicht vieler Würzburger steigerte diese Attraktion zu Füßen der Festung Marienberg die touristische Anziehungskraft der Stadt erheblich. Aber wie so häufig, wenn ein Teil der Würzburger etwas gut fand, gab es eine nicht minder große Anzahl derer, die dagegen heftig opponierten. Letztere betrachteten diese Art der Nutzung des historischen Brückenbauwerks als Entweihung und Missachtung seiner geschichtlichen Bedeutung. Die größte oppositionelle Bevölkerungsgruppe stellten aber die Menschen, denen die Brückenschöppler schlicht und ergreifend ein ärgerliches Hindernis für die freie Fahrt mit ihren Zweirädern, Kinderwagen und Rollatoren darstellten.

Wie immer, wenn gegensätzliche Interessen aufeinanderprallen, besteht die Gefahr der Eskalation. Für die nimmermüde Presse eine wunderbare Möglichkeit, das alljährliche pressetechnische Sommerloch mit einer gepfefferten Berichterstattung zu füllen. Niemand ahnte zu diesem Zeitpunkt, dass Würzburg in der Folge des geschilderten Ereignisses auf der Mainbrücke in heftige Turbulenzen geraten sollte.

13. August, 11.00 Uhr (Innenhof des Würzburger Ratskellers):

Aus den digitalen Tonträgeraufzeichnungen des Reporters der *Mainpostille* Christian Schöpf-Kelle anlässlich eines Interviews mit einem Augenzeugen der sich am 12. August zugetragenen dramatischen Geschehnisse:

Schöpf-Kelle (in sein Diktiergerät):

Samstag, den 13. August. Interview mit Robert Kellermann, 69 Jahre, ehemaliger Hausmeister im Priesterseminar, nunmehr Rentner, wohnhaft Würzburg, Sanderau:

Schöpf-Kelle:

Herr Kellermann, Sie waren am gestrigen Freitag, Zeuge eines dramatischen Unfalls mit einem Fahrradkurier auf der Alten Mainbrücke. Können Sie unseren Lesern bitte einmal ausführlich schildern, was Sie da beobachtet haben.

Kellermann (etwas verkrampft):

Tja, was soll ich denn da saach …

Schöpf-Kelle:

Bitte, Herr Kellermann, entspannen Sie sich. Das ist nur ein Diktiergerät, damit ich auch alles richtig wiedergebe, was Sie mir berichten. Erzählen Sie doch ganz einfach noch einmal frisch von der Leber weg, so wie Ihnen die Abläufe einfallen.

Kellermann (atmet tief durch):

Mei Fraa hat am Freitach den ganze Daach im Haus rumgebutzt und mich dann, weil ich ihr im Weech gstanne war, mit einere Einkaufsliste in die Stadt neigschickt.

Sie müsse wiss, als Rentner muss man für die Angetraute ständich irgendwelche Liste abarbeit. Weil se meent, mer käm sonst uff dumme Gedanke.

Schöpf-Kelle (etwas energischer):

Okay, Herr Kellermann, diese Rentnerproblematik ist ja allgemein bekannt. Jetzt bitte zur Sache!

Kellermann (sammelt sich erneut):

Ich bin dann zwä Stund später vom Einkaufe hemmkomme. Un dann hat se glei rumgemotzt, weil ich angeblich des falsche Waschmittel eingekäfft hätt. Ich hab mich dann scho a weng geärchert. Nix kann mer ihr richtich mach. Awwer was willste denn mach, ich bin dann halt noch amal los. Sie müsse wiss, dass es von uns dahemm in der Sanderau bis in die Stadt ganz schö zu laufe is. Ich hol des Zeuch immer in dem Subbermarkt in der Domstrass. Da häts heut a Sonderangebot gäbe, hat se gsacht. Wenn ich schwer zu trache hab, nemm ich dann schon amal die Straßebahn. Wisse se, mei Kreuz is a nimmer des, was es amal war … Ich muss rechelmäßig zum Kärchertraining oder wie des hässt. Aber gestern bin ich gelaufe.

Schöpf-Kelle (unterbricht leicht genervt):

... und auf dem Weg zum Supermarkt sind Sie dann an der Alten Mainbrücke vorbeigekommen ...?

Kellermann:

Richdich! Weil die Lauferei ziemlich anstrengend is, hab ich mir gedacht, Robert, hab ich mir gedacht, könntst dir eichentlich bei der Meemühl zur Stärkung a klenns Brückeschöpple genehmich. Es war ja scho fast Middach, also gewissermaßen e später Frühschoppe. Ich hab mich dann ziemlich durch die Leut durchquetsch müss, weil dort scho jede Menge Mensche anscheinend die gleiche Idee ghabt ham. Wie ich mich so zum Ausschank durchdrängl, kommt von unne vom Mee a große Gruppe von Touris die Treppe hoch. Ich gläbb, die warn von em Kreuzfahrtschiff. Em Gered nach warns Amis. Bestimmt zwanzich Leut. Nachdem sich scho vorher ungefähr sechzig, siebzig Leut dort uff der Brücke zammgequetscht ham, is es jetzt dann doch ziemlich eng worn. Ich hab mer dann no schnell mei Schöpple gekäfft, weil mer klar war, dass ich dann ke Chance mehr ghabt hätt. Ich hab mich dann a weng zum heiliche Kilian hin verzoche, weils da noch a klenns bissle ruhicher war. Die Amis ham ja dann die gesamte Brücke vor der Meemühl zugstopft, weil die a alle en Schoppe wollte. Es war ja a ziemlich warm an dem Tach. Wahrscheinlich ham se anständich Durscht ghabt.

Schöpf-Kelle (tief durchatmend):

Gut ... und dann ... kam ein Radfahrer?

Kellermann:

Richtich! Der is von der annere Meeseite komme. Hats ziemlich eilich ghabt. Ich gläbb, des war so a Fahrradkurier oder was Ähnliches. Jedenfalls hat er aufm Rücke so en gelbe Plastikrucksack ghabt. Er hat scho von Weite gerufe unn mit der Händ rumgfuchtelt, dass sie ihm Platz mach solle. Aber irchendwie ham die Leut ihn nit ghört oder es war ihne wurscht, jedenfalls ist kenner auf die Seite gange. Der Radfahrer hat dann hart abgebremst, is aber auf dem Pflaster ins Rutsche komme und is blöderweise in a junge Fraa von denne Touris neigerumpelt. Jedenfalls, die hats richtich umghaut un den Radfahrer hats auf die Fraa druffgeknallt. Die Fraa hat laut gschrie un der Radfahrer a. Von enn Moment uff en annere war auf der Brücke die Hölle los! Alle ham plötzlich rumgebrüllt un a paar Männer von denne Amis sin losgstürmt, ham den Radfahrer gepackt und geche des Brückegeländer gstoße. Annere ham des Fahrrad rumgschmisse. Der Fremdeführer is rumgerennt wie a aufgscheuchts Huhn und hat versucht die Amis widder zu beruhiche. Des hat awwer a ganze Weil gedauert. Der Radfahrer hat sich zwischezeitlich widder aufgerappelt. Plötzlich is ganz in meinere Näh, mitte aus der Menschemenge, wie aus dem Nichts so e Typ mit ennere Kapuze uffm Kopf aufgetaucht, hat den Radfahrer widder gepackt und noch amal geche des Brückegeländer gschleudert. Awwer mit Schmackes, kann ich Ihne saach. Dabei muss der Radfahrer dann irchendwie des Übergewicht kriecht ham. Jedenfalls war er enn Moment später unne uff der Straße geleche und hat sich nimmer gerührt. Drunne ham die Bremse von de Autos gequietscht und sofort hats laut geknallt. Da unne sin dann a paar aufenannergfahre, weil se den Radfahrer nit überfahrn wollte. Uff der Brücke war dann ein wahnsinniches Durchenanner. Alle ham rumgschrie un sin zum Geländer gerennt un ham nunnergschaut.

Schöpf-Kelle:

Haben Sie gesehen, was aus dem Kapuzenmann wurde?

Kellermann (zuckt mit den Schultern):

Keine Ahnung. Der war in dem Durchenanner plötzlich wie vom Erdbode verschluckt.

Irchendjemand hat dann die Rettung alarmiert. Die warn wirklich schnell da. Die ham den Mann dann vom Asphalt aufgelese und mitgenomme. Nachdem se abgfahre worn, is der Notarzt ruff uff die Brücke komme und hat sich um die umgfahrne Fraa gekümmert. Die hat awwer anscheinend nur a paar Schramme ghabt.

In der Zeit sin dann a zwä Poliziste uff die Brücke komme und ham nach Zeuche gsucht. Der Reiseführer hat denn der Polizei gsacht, dass die Amis an dem Unfall unschuldig sin und annere Schoppetrinker ham des bestäticht. Von dem Kapuzentyp hat awwer kenner was gsacht. Anscheinend hat den in dem Tumult kenner richtich mitgriecht. Die Amis sin dann zurück zu ihrm Schiff. Die Poliziste ham später gsacht, dass der Radfahrer weche seim Fahrradhelm noch amal glimpflich davokomme is.

Schöpf-Kelle:

Sie haben sich dann als Zeuge gemeldet?

Kellermann:

Jawoll! Ehrensache! Die ham mei Adresse uffgschriebe und ich war dann noch am gleiche Daach in der Polizeiinspektion. Ich hab des dene a von dem Kapuzentyp erzählt, sie hams a uffgschriewe un ham gsacht, dass sie nach ihm fahnden würden. Ich gläbb awwer, so richtich ham se mer des nit gegläbbt, weil ich offenbar der Einzige war, der den Kerl gsähe hat.

Schöpf-Kelle (nachbohrend):

Und Sie haben den Typ wirklich gesehen?

Kellermann:

Herrschaftszeiten! Jetzt frache Sie a scho so blöd rum. Ich war doch nit besoffe! Ich kann sogar saach, dass der Kerl uff seim Unterarm so a komisch Tattoo ghabt hat. So a Art Krebs oder so.

Weche dem Vorfall hab ich dann a noch gewaltichen Ärcher mit meinere Fraa kriecht, weil, wie ich dann später doch noch zum Subbermarkt gange bin, des Sonderangebot ausverkäfft war. Es wär schö, wenn Sie in die Zeitung a mein Name neischreibe, dass ich tatsächlich Zeuche war und nit des Sonderangebot weche dem Brückeschoppe verbummelt hab. Dann beruhicht sie sich widder a weng, weil sie's dann in der Nachbarschaft rumverzähl kann.

Mache mir jetzt a no e Foto?

Schöpf-Kelle:

Noch eine abschließende Frage: Können Sie sich vorstellen, dass jemand absichtlich den Radfahrer hinuntergestürzt hat?

Kellermann (zuckt mit den Schultern):

Ich wäs nit. Komisch ausgschaut hats jedenfalls scho. In der letzten Zeit hats doch in der Stadt jede Menge Zoff weche dem Brückeschoppe gäwe. Die Schoppetrinker und die Radfahrer komme doch ständich hinnerenanner. Awwer dass mer desweche glei jemand übers Geländer schmeißt … Ich wäs nit.
Mache mir jetzt nit no des Foto?

Schöpf-Kelle (sichtlich gestresst, hebt sein Handy und macht schnell den erbetenen Schnappschuss):

Herr Kellermann, ich danke Ihnen für dieses aufschlussreiche Interview.

Weitere Recherchen Schöpf-Kelles bei der Polizei ergaben, dass der Umschlag im Rucksack des Kuriers merkwürdigerweise leer war. Absender und Adressat des Poststücks waren falsch. Was natürlich zu erheblichen Spekulationen Anlass bot.

* * *

13. August, 19.15 Uhr – Weinstube *Johanniterbäck:*

Bei den drei Männern verschiedenen Alters, die sich an einem Werktag am frühen Abend im Nebenstüble des Weinhauses *Johanniterbäck* trafen, schien es sich um gute Bekannte bzw. Freunde zu handeln, die sich hier auf einen gemütlichen Schoppen zusammengesetzt hatten. Verwunderlich war nur, dass sie im Hinterzimmer die einzigen Besucher blieben, obwohl draußen die Weinstube bis auf den letzten Platz besetzt war und immer weitere Menschen von der Straße hereindrängten. Ein Hinweisschild am Eingang zum Nebenzimmer mit der Aufschrift „Geschlossene Gesellschaft. Reserviert ab 19.00 Uhr" verwehrte jedoch den Zutritt, was den einen oder anderen Besucher zu ärgerlichen Kommentaren gegenüber der Bedienung veranlasste. Bei der Reservierung hatte ein Herr Höllerich dem Wirt ein nennenswertes Sümmchen gezahlt, das eventuelle Verluste locker ausglich. Zehn Minuten später kam ein jüngerer Anzugträger dazu und ließ sich am Tisch nieder. Jetzt waren sie offenbar vollzählig, denn dieser Höllerich gab dem Wirt einen Wink, worauf dieser kurz darauf wortlos einen Steinkrug mit Wein auf den Tisch stellte. Dabei musterte er die Gäste unauffällig, die gegensätzlicher nicht hätten sein können. Zwei, dieser Höllerich und der Nachkömmling, beide mit Anzug und Schlips, machten einen recht soliden Eindruck. Die beiden anderen, ebenfalls unterschiedlichen Alters, waren auffallend andere Typen. Kahlköpfig, mit Lederjacken und reichlich tätowiert, vermittelten sie dem Wirt einen unbestimmten Eindruck von Gewaltbereitschaft. Der Wirt rief sich innerlich zur Ordnung. In seiner Branche waren Vorurteile geschäftsschädigend. Man konnte sich seine Gäste schließlich nicht malen. Solange sie friedlich blieben und ihre Zeche bezahlten, konnte es ihm egal sein. Er verzog sich wieder hinter den Tresen.

Höllerich räusperte sich, dann eröffnete er ohne Einleitung das Gespräch.

„Herrschaften …", begann er mit gedämpfter Stimme, um draußen in der Weinstube nicht gehört zu werden. Diese Sorge war aber unbegründet, weil im Schankraum eine erhebliche Lautstärke herrschte, so dass nichts von dem Gespräch an unerwünschte Ohren dringen konnte.

„… Herrschaften, der Chef hat mich angerufen. Er war ziemlich verärgert, weil der Start unseres … Unternehmens so schleppend vorangeht. Er ist der Meinung, dass es an der Zeit ist, unseren Stufenplan umzusetzen. Der Boden ist durch den Unfall des Fahrradboten gut vorbereitet, die gegnerischen Parteien sind im höchsten Maße gereizt. Allerdings hast du massiv übertrieben." Er sah den Jüngeren der Tätowierten durchdringend an. „Du solltest ihn für alle sichtbar angreifen und dabei unerkannt bleiben. Niemand hat verlangt, ihn gleich über das Brückengeländer zu werfen. Zum Glück hat er überlebt. Diese Aktion hat rund um die Alte Mainbrücke für erhebliche Verärgerung gesorgt. Da genügt ein Funke, dann geht die Bombe hoch!"

Der angesprochene Mann machte eine entschuldigende Handbewegung. „Das war von mir auch nicht so beabsichtigt. Aber der Kerl war so ein Leichtgewicht …"

Höllerich ging nicht weiter darauf ein. Nun fixierte er den Mann aus dem Ordnungsamt mit zusammengekniffenen Augen.

„Luchs, wie schaut es aus? Hausaufgaben erledigt?"

Auch der Ältere der Tätowierten nahm Luchs durchdringend ins Visier. Kleine Schweißperlen traten auf seine Stirn.

„Ich habe alles gemacht, was ihr von mir verlangt habt",

erwiderte er hastig. „Die Anzahl der Gläser, die ausgeschenkt werden dürfen, habe ich fast verdoppelt. Die Wirte dürften sehr überrascht gewesen sein, weil das bisher immer abgelehnt wurde. Sicher gibt es deswegen bei den Gegnern des Brückenschoppens Ärger, weil die Brücke dadurch noch voller wird." Er verstummte.

Höllerich nickte zufrieden, dann fuhr er fort: „Das ist durchaus beabsichtigt. Nachdem wir mit unseren weiteren Maßnahmen begonnen haben, werde ich die betroffenen Gastronomen aufsuchen und Einzelgespräche führen. Sollten sie uneinsichtig sein, werden wir weiteren Druck aufbauen."

Der Ältere der Tätowierten nickte.

„Du musst die Wirte eben nachdrücklich von unseren ernsten Absichten überzeugen." Er nahm einen Schluck von seinem Schoppen. „Wir werden diese sturen Unterfranken schon weichkochen!"

Höllerich überlegte kurz, dann befahl er in Richtung der beiden Tätowierten: „Ihr besucht in den nächsten Tagen die ausgesuchten Lokale und macht dort etwas Randale. Aber nicht übertreiben! Die Damen und Herren Gastronomen knicken mit Sicherheit ruckzuck ein, wenn sie merken, wie viel preisgünstiger es sein kann, sich im Vorfeld vor derartigen Übergriffen zu schützen. Also, keine Zerstörungen, die man nicht schnell wieder beseitigen kann. Vergesst nicht, es so hinzudrehen, als würden die Radfahrer hinter den Aktionen stecken. Mal ein Nadelstich hier, mal ein Nadelstich dort. Wenn sich die Kundschaft beschwert und der Umsatz nachlässt, spricht sich das in der Branche wie ein Lauffeuer herum."

Die anderen am Tisch nickten beipflichtend.

„... und wenn das nicht reicht, dann gibt's in der nächsten Runde etwas härter auf die Mütze!", ergänzte der Ältere und ließ seine Fingerknöchel knacken.

Luchs meldete sich etwas zaghaft zu Wort. „Nicht vergessen: Wenn sich die Bürger bei uns beschweren, muss ich die Security-Leute hinschicken."

Der ältere Tätowierte stieß ein freudloses Lachen aus. „Diese Truppe kannst du definitiv in der Pfeife rauchen. Ich habe schon mehrfach beobachtet, wie sie von Angetrunkenen angemacht wurden. Was haben sie gemacht? Verdrückt haben sie sich! Die kannst du auf jeden Fall vergessen."

Sie orderten beim Wirt einen weiteren Krug mit Wein. In der nächsten Stunde besprachen sie die Details ihres Vorgehens in den nächsten Tagen. Danach verließen sie den Johanniterbäck. Aufatmend gab der Wirt das Nebenzimmer wieder für „normale" Gäste frei. Diese Gruppe von eben war ihm wirklich nicht ganz geheuer.

15. August, 21.37 Uhr:

Erich Rottmann, ehemaliger Leiter der Würzburger Mordkommission und Mitbegründer des Stammtisches *Die Schoppenfetzer,* und sein Hund Öchsle betraten ihr Wohnhaus in der Rosengasse und genossen nach der Hitze des Tages die erfrischende Kühle, die ihnen im Treppenhaus entgegenschlug. Bis jetzt hatten die dicken Mauern des Altbaus die hochsommerlichen Temperaturen abgehalten. Rottmann kam vom Main, wo er nach dem Stammtisch Öchsle und sich selbst noch etwas Bewegung verschafft hatte. Ein Stockwerk unter Rottmanns Wohnung blieb Öchsle, der einige Stufen vorausgelaufen war, plötzlich stehen und lauschte. Rottmann, der in Gedanken noch bei einem am Stammtisch heiß diskutierten Thema war, wäre dem Rüden fast auf die Pfoten getreten.

„Öchsle, weiter geht's!", brummelte er gutmütig, blieb dann

aber doch stehen, weil der Rüde am Platz verharrte und leise knurrte. Dann hörte Rottmann es auch. Aus der Wohnung unter seiner war lautes Geschrei zu hören. Es waren eindeutig zwei Frauenstimmen, wobei eine sehr wütend, die andere eher bittend klang. Rottmann überlegte einen Augenblick, ob er den Vorgang nicht einfach ignorieren und weitergehen sollte. Er war nicht der Mensch, der sich in häusliche Streitigkeiten seiner Nachbarn einmischte. Im vorliegenden Fall war die Sache allerdings ein wenig anders gelagert. Auf diesem Stockwerk wohnte Dorothea Kröger mit ihrer Enkeltochter Yvonne. Frau Kröger steuerte massiv auf das achtzigste Lebensjahr zu und war, wie Rottmann wusste, schwer krank. Sie litt schon seit Jahren unter einer massiven Herzinsuffizienz, die einen fortschreitenden Leistungsabfall ihres Herzens zur Folge hatte. Nur mit Medikamenten kam sie einigermaßen über die Runden. Im Rahmen guter Nachbarschaft half er ihr immer wieder mal, wenn irgendwelche Behördengänge oder dergleichen zu erledigen waren. Daher wusste er auch: Aufregungen waren für die alte Damc pures Gift! Rottmann kämpfte noch mit seinem Zwiespalt, als in der Wohnung lautes Türschlagen zu hören war, dann vernahm er die sich überschlagende Stimme Yvonnes: „Verschwinde, du alte Hexe, und lass mich in Ruhe!"

Danach weinerlich Frau Kröger: „Yvonne, bitte, so kann es doch nicht weitergehen! Wir müssen miteinander sprechen! Wenn ich etwas falsch gemacht habe, dann sag es mir doch! Man kann doch über alles reden …"

Das Treppenhauslicht erlosch und Rottmann knipste es erneut an. Während er noch immer überlegte, was er machen sollte, wurde plötzlich die Wohnungstür von Frau Kröger aufgerissen. Zuerst flogen ein Rucksack und eine große Reisetasche heraus, dann stürmte Yvonne durch die Türöffnung und wäre fast über Rottmann und Öchsle gestolpert. Das Gesicht des jungen Mädchens war wutverzerrt.

„Was wollen Sie denn?“, fauchte sie böse, erwartete aber offensichtlich keine Antwort. Mit ruckartigen Bewegungen zerrte sie sich den Rucksack auf den Rücken, wobei sich Rottmann nur durch einen schnellen Seitenschritt vor einer Kollision mit dem Gepäck retten konnte. Öchsle hatte sich schon lange in einer Ecke in Sicherheit gebracht. Dann schnappte Yvonne sich die Reisetasche und polterte wortlos die Treppen hinunter. Einen Augenblick später schlug unten die Haustür ins Schloss. Wieder verlöschte das Treppenhauslicht. Trotz der Finsternis konnte Rottmann sehen, dass die Tür noch spaltbreit offen war, denn es fiel Licht heraus. Rottmann lauschte einen Moment. Da hörte er vernehmliches Schluchzen. Sein Entschluss war gefasst. Erst betätigte er den Lichtschalter, dann drückte er auf die Türklingel. Sein Gefühl sagte ihm, hier war Hilfe vonnöten.

Es dauerte geraume Zeit, ehe er in der Wohnung schlurfende Schritte hörte. Wenig später erschien im Türspalt das verweinte Gesicht von Dorothea Kröger.

„Entschuldigen Sie, Frau Kröger“, erklärte Rottmann mit sanfter Stimme, „aber gerade ist Ihre Enkeltochter an mir vorbeigerauscht und Ihre Wohnungstür stand offen. Ich wollte einfach mal nach dem Rechten sehen. Ist alles in Ordnung?“

Ein Weinkrampf erschütterte die schmächtige Gestalt der alten Frau. Rottmann zögerte einen Moment, dann fragte er: „Darf ich mal kurz hereinkommen?“

Sie nickte nur und trat einen Schritt zur Seite. Rottmann und sein vierbeiniger Begleiter traten ein. Langsam ging Frau Kröger den beiden voraus in die Küche. Die Hand auf ihr Herz gedrückt, setzte sie sich auf einen Stuhl. Rottmann ließ sich auf dem anderen nieder.

„Kann ich Ihnen irgendwie helfen? Ich habe den Eindruck, Yvonne ist im Streit gegangen."

Wortlos griff die alte Frau nach einem Medikamentenfläschchen, legte den Kopf in den Nacken und tropfte sich eine bestimmte Menge des Medikaments auf die Zunge. Offenbar war das Fläschchen dann leer.

„Verzeihung, Herr Rottmann, aber ich muss einen Moment warten, bis es wirkt. Mein Herz schlägt wie ein Dampfhammer." Sie schloss die Augen und lehnte sich zurück.

Rottmann wartete geduldig. Sinnierend dachte er an die Situation seiner Nachbarin, die sie ihm vor längerer Zeit einmal anvertraut hatte.

Nach einem schlimmen Verkehrsunfall vor gut zwei Jahren, bei dem ihre einzige Tochter Marga verstarb, hatte sie ihr einziges Enkelkind bei sich aufgenommen. Marga war alleinerziehend gewesen. Ihre Einstellung zum Leben hatte dazu geführt, dass sich Dorothea und Marga unversöhnlich entzweiten. Viele Jahre hatten sie keinen Kontakt mehr. Dorothea hörte erst wieder etwas von ihrer Tochter, als sich nach dem Unfall das Jugendamt bei ihr meldete. Marga hatte auf dem Sterbebett ihre Mutter Dorothea als einzig mögliche Kontaktperson für ihre Tochter Yvonne benannt. So sah sie es als Versuch einer späten Wiedergutmachung ihrerseits, dass sie ihre Enkeltochter bei sich aufnahm. Von Anfang an war dieses Unternehmen aber stark belastet. Yvonnes schulische Leistungen waren schlecht. Die mittlere Reife schaffte sie nicht, Lehrstellen brach sie ab. Sie fand Freunde, die Dorothea nicht kannte, die ihr aber nicht guttaten. Immer wieder kam es vor, dass Yvonne nächtelang nicht nach Hause kam und ihre Großmutter nicht wusste, wo sie sich herumtrieb. Die Folge waren Vorwürfe seitens Dorotheas, die aber keine Verhaltensänderungen brachten. Ganz im Gegenteil. Irgendwann wandte sie sich in ihrer Not an Rottmann, der ihr riet, sich an das Jugendamt zu wenden. Das war vor sechs Wochen. Als Yvonne das mitbekam, rastete sie völlig aus! Sie wütete in der Wohnung herum, zerschlug Geschirr und war nahe daran, ihrer Großmutter Gewalt anzutun. Rottmann empfahl damals seiner Nachbarin, die Polizei zu verständigen. Ein Schritt, vor dem die kranke Frau aber zurückschreckte.

Nach kurzer Zeit schien das Medikament zu wirken. Frau Kröger öffnete die Augen und sah Rottmann an.

„Es tut mir leid, Herr Rottmann, Sie in meine familiären Probleme hineinzuziehen, aber ich bin wirklich am Ende."

Rottmann winkt ab.

„Vor einer Stunde ist Yvonne nach Hause gekommen", fuhr sie leise fort. „Zwei Tage und Nächte war sie weggeblieben, ohne eine Nachricht zu hinterlassen. Ich vermute, sie hat irgendwo ihren achtzehnten Geburtstag gefeiert. Sie hat mich völlig ignoriert. Ich konnte ihr nicht mal gratulieren. Sie schloss sich dann in ihr Zimmer ein und packte. Den Rest haben Sie ja leider mitansehen müssen."

„Da machen Sie sich mal keine Gedanken. Als ehemaliger Kriminalbeamter habe ich schon viel schlimmere Dramen erleben müssen. Ich denke, Sie sollten sich jetzt etwas hinlegen."

„Wahrscheinlich haben Sie recht", erwiderte sie. „Mit dem Medikament komme ich wohl über die Nacht."

„Sollte irgendetwas sein und Sie benötigen Hilfe, rufen Sie mich einfach an. Egal zu welcher Zeit."

Nachdem Rottmann und Öchsle gegangen waren, trat Dorothea Kröger durch die offen stehende Tür in Yvonnes Zimmer. Etwas verloren blieb sie im Raum stehen und sah sich um. Die Kleiderschranktüren standen offen, zwei herausgezogene Schubladen einer Kommode waren gähnend leer. Offensichtlich hatte das Mädchen seinen Kleiderschrank fast völlig ausgeräumt. Lediglich zwei auf Bügeln hängende T-Shirts schaukelten etwas verloren vor sich hin. Auf ihrem Schreibtisch fehlten alle persönlichen Gegenstände. Dorothea Kröger öffnete die Schreibtischschublade und warf einen Blick hinein. Yvonnes Reisepass und ein Umschlag mit Geld waren weg. Ihre Enkelin hatte sich, wie sie wusste, mit Kellnern und Gelegenheitsarbeiten etwas zusammengespart. Dorothea Kröger fühlte einen heftigen Stich im Herzen. Alle Anzeichen wiesen darauf hin, dass sich ihre Enkeltochter ohne Abschied auf- und davongemacht hatte. Ein Déjà-vu drängte sich ihr auf. Parallelen zum Weggang ihrer Tochter vor vielen Jahren waren nicht zu übersehen. Sie hatte erneut kläglich versagt! Schwerfällig drehte sie sich um und wankte in ihr Wohnzimmer zurück. Sie besaß nicht mehr die Energie, gegen diese Ereignisse anzukämpfen. Plötzlich durchzuckte sie ein schlimmer Gedanke. Nein, das durfte nicht sein! Sie erhob sich und eilte ins Schlafzimmer. Sie öffnete die linke Tür des Kleiderschranks und schob ihre Hand zwischen, ordentlich aufgestapelte Laken und tastete. Der Schock traf sie hart! Der Umschlag mit Geld, fast sechshundert Euro, die sie sich mühsam vom Munde abgespart hatte, war weg! Sie wusste, dass Yvonne dieses Versteck kannte. Schlimmes ahnend, drehte sie sich um und ging zu ihrem Bett. Ächzend hob sie ihre Matratze an der Seite ein Stück in die Höhe.

„Kind, bitte das nicht auch noch!“, stöhnte sie. Hier hatte sie ihr Sparbuch aufbewahrt. Geld, das sie über viele Jahre mühevoll von ihrer kleinen Rente angespart hatte. Jetzt war es weg. Ihr Herz pumpte wie verrückt, als das Adrenalin in ihren Kreislauf schoss. Was sollte sie tun? Sie benötigte dringend eine weitere Dosis ihres Herzmedikaments. Das Fläschchen war aber leer, Vorrat hatte sie nicht. Sie versuchte sich zu beruhigen, was ihr aber nicht gelang. Sie kämpfte sich in den Flur. An der Garderobe lag das Rezept für ihr Herzmedikament, das ihr der Hausarzt gestern mit der Post zugeschickt hatte. Bisher war sie nicht zur Apotheke gekommen. Sie spürte, dass ihr eine schlimme Nacht bevorstand. Ohne ihr Medikament wäre sie einem Anfall hilflos ausgeliefert. Langsam zog sie ihre Jacke an und steckte das Rezept in die Tasche. Sie fühlte den beängstigenden Schlag ihres Herzens, das trotz allem versuchte, seine Aufgabe zu erfüllen. Sie wusste, die Apotheke in der Sanderstraße hatte heute Nachtdienst. Nur ein kurzer Weg dorthin. Eigentlich war ihr Vorhaben Wahnsinn, aber die Herzmedizin war nun einmal lebenswichtig für sie. Den freundlichen Herrn Rottmann wollte sie nicht schon wieder belästigen. Sie stützte sich am Türrahmen ab, dann nahm sie ihre Wohnungsschlüssel vom Haken, öffnete die Haustür und trat langsam ins Treppenhaus. Der Schwindelanfall kam überraschend wie ein Blitz aus heiterem Himmel. Mit einem leisen Aufschrei brach sie zusammen und schlug mit dem Kopf gegen die Kante der obersten Stufe des Treppenabsatzes. Ohnmächtig blieb sie liegen. Eine Platzwunde am Hinterkopf blutete heftig.

Erich Rottmann kam gerade aus dem Bad, als Öchsle, der im Flur vor der Wohnungstür stand, leise winselte. Rottmann glaubte auch einen Schlag aus dem Treppenhaus gehört zu haben, war aber nicht sicher. Er warf sich schnell seinen Bademantel über und eilte in Hausschuhen hinaus. Nach dem Druck auf den Lichtschalter ging er einige Stufen hinab. Öchsle stand schon bei der regungslos daliegenden Frau und leckte ihr die Hand.

Nur wenige Minuten später waren Notarzt und Rettungswagen vor Ort. Eine Viertelstunde später wurde Dorothea Kröger in die Notaufnahme des Juliusspitals eingeliefert.

16. August, 9.44 Uhr:

Als Erich Rottmann am nächsten Tag seiner Nachbarin einen Krankenbesuch abstattete, lag sie bereits auf der Normalstation.

„Hallo, Frau Kröger“, grüßte Rottmann betont optimistisch, „sie sehen ja schon wieder aus wie das blühende Leben!“ Er legte ihr eine kleine Schachtel mit Konfekt auf den Beistelltisch neben ihrem Bett. Wie er wusste, naschte die alte Dame gerne mal. „Sagen Sie mal, was machen Sie denn für Sachen?“

Frau Kröger seufzte. „Vielen Dank, Herr Rottmann, Sie waren mein Retter! Vielen, vielen Dank! Und wie Sie sehen, haben ich einen eisernen Schädel.“ Sie lächelte und berührte den Verband an ihrem Kopf.

Rottmann winkte ab. „Wirklich keine Ursache. Ist doch eine Selbstverständlichkeit!“

Nach einer kurzen Atempause fuhr Frau Kröger fort: „Sie sind so ein guter Nachbar, Herr Rottmann, dürfte ich noch eine Herzensbitte aussprechen?“

„Aber selbstverständlich“, erwiderte Rottmann freundlich.

„Meine Enkelin hat mich ja verlassen. Andere Angehörige habe ich nicht. In meiner Wohnung, im Küchenschrank hinter dem Kaffeegeschirr, habe ich einen Brief hinterlegt, in dem ich meine letzten Dinge geregelt habe. Ich möchte Sie sehr bitten, diesen Brief zu öffnen und zu lesen, sollte mir etwas zustoßen. Würden Sie das für mich tun?“

Rottmann blickte sie an und sah die Sorge in ihren Augen. „Frau Kröger, Sie werden noch lange leben, da bin ich sicher. Sollte es aber wirklich einmal notwendig sein, können Sie sich auf mich verlassen!“

Man sah, wie der alten Dame ein Stein vom Herzen fiel. Eine gute halbe Stunde später verließ Rottmann das Krankenhaus. In seiner Joppentasche trug er die Schlüssel zu Frau Krögers Wohnung. Er hatte ihr versprochen, während ihrer Abwesenheit ihre Pflanzen zu gießen. Nach Frau Krögers Aussage musste sie wohl noch mindestens drei Tage im Krankenhaus unter Beobachtung bleiben. Gedankenverloren marschierte Erich Rottmann quer durch die Stadt in Richtung Rosengasse. Für die Dauer des Krankenbesuches hatte er Öchsle bei Elvira gelassen und wollte ihn nun wieder abholen. Während er so durch die Straßen eilte, konnte er ein gewisses Gefühl der Erleichterung nicht verhehlen. Wenn er die Probleme sah, die die alte Dame mit ihrer Enkelin hatte, war er doch ganz froh, dass ihm derartige Schwierigkeiten bisher, dank seines Status als Junggeselle, mit Verwandten welchen Grades auch immer erspart geblieben waren.

16. August, 17.28 Uhr:

Felix Luchs, Bediensteter der mittleren Führungsebene des Ordnungsamtes der Stadt Würzburg, schloss die Schubladen des neben seinem Schreibtisch stehenden Rollcontainers und steckte den Schlüssel in die Jacketttasche seines grauen Anzugs. Luchs, Mitte dreißig, blond, mit Dreitagebart, etwas über ein Meter achtzig groß, war auffällig schlank, um nicht zu sagen hager. Mit einigen Mausklicks fuhr er seinen Computer herunter, dann öffnete er die Tür seines Büros, um zu gehen. Für heute wollte er Feierabend machen. In diesem Augenblick läutete das Telefon auf seinem Schreibtisch. Er überlegte kurz, den Anruf zu ignorieren. Schließlich war schon lange Dienstschluss. Mit einer nervösen Bewegung fuhr er sich mit der Hand über das Gesicht, dann ging er, ohne die Tür zu schließen, hastig zurück zu seinem Schreibtisch und warf einen Blick auf das Display des Telefonapparats. „Anonymus“ stand auf der Anzeige. Der Anrufer hatte seine Nummer unterdrückt. Während der Dienstzeit nahm Luchs derartige Anrufe grundsätzlich nicht an. Aber in Anbetracht der Uhrzeit und bestimmter Lebensumstände ahnte er, wer ihn da sprechen wollte. Er hob ab.

„Ja“, meldete er sich knapp, dann lauschte er einen Augenblick in den Hörer. Nach einigen Sekunden stieß er verärgert hervor: „Verdammt nochmal, habe ich nicht gesagt, ihr sollt mich nicht im Büro anrufen! Das ist keine sichere Leitung!“ Es konnte nicht sein, dass sie ihn auf Schritt und Tritt belästigten. Einen Moment später erwiderte er gereizt: „Hört auf, mich zu bedrängen. Ich habe getan, was ihr von mir verlangt habt. Die Genehmigung der Kontingenterhöhung ist durch. Da der Chef zurzeit im Urlaub ist, hat das der Vertreter abgezeichnet. Ich bin mir sicher, er hat nicht gemerkt, was er da unterschrieben hat. Der hat den Schreibtisch so voll, dass er wie am Fließband abzeichnet.“ Einen Augenblick später erklärte er wieder ruhiger: „Ist ja gut, wenn es so wichtig ist, bin ich in einer halben Stunde da“, dann legte er auf. Angespannt starrte er das Telefon an. Vor einigen Wochen hatten diese Leute zum ersten Mal Kontakt zu ihm aufgenommen und mit ihm über seine geheimen Abgründe gesprochen, von denen eigentlich keiner wissen konnte. Seitdem befand er sich unter permanenter Anspannung. Er schlief schlecht und wurde häufig von Albträumen gepeinigt. Jede Sekunde dieser Begegnung war ihm gegenwärtig.

Es war ein Freitag, der Dreizehnte gewesen, als zwei Männer ihn zu späterer Stunde beim Verlassen des Spielsalons in der Theaterstraße ansprachen. Fast drei Stunden hatte er in dem düsteren Etablissement verbracht, in dem die Spieler vor den Automaten saßen, abgeschottet in ihrer eigenen Welt, und eine Münze nach der anderen in die gierigen Schlitze der Geräte steckten. An diesem Tag gewann er in der ersten Stunde fünfzig Euro, verlor aber später mehr als die dreifache Summe an die „einarmigen Banditen". Ein letzter Rest von Vernunft sorgte dafür, dass er sich an seinen Spieltagen ein persönliches Limit setzte. Mehr Geld nahm er nicht mit. Wenn er diese Summe verspielt hatte, ging er nach Hause. Er verfluchte sich dafür, nicht einfach aufhören zu können, auch wenn er sich das immer wieder vorgaukelte. Erzielte er wieder einmal einen Gewinn, wurde seine Hoffnung auf den großen Jackpot immer aufs Neue genährt. Der Spielteufel hatte ihn voll im Griff. Obwohl er in seiner Position ganz gut verdiente, privat ledig und ungebunden war, hatte er im Laufe der Jahre schon ein kleines Vermögen verspielt. Seine finanzielle Situation konnte man zwischenzeitlich schon als ziemlich prekär bezeichnen. Sein Überziehungskredit war vollständig ausgereizt und die Bank hatte bisher nur deshalb stillgehalten, weil er über ein geregeltes Einkommen verfügte. Letzte Woche bat ihn sein Bankberater zu einem Gespräch und machte ihm mit höflichen, aber deutlichen Worten klar, dass die Bank in der nächsten Zeit eine Entlastung seines notleidenden Dispos durch Eingang einer nennenswerten Summe erwartete. Er sicherte dies im Brustton der Überzeugung zu, ohne allerdings zu wissen, wie er das realisieren sollte. Insgeheim hegte er noch immer die Hoffnung aller Spieler, eines Tages den großen Wurf zu landen und dann alle Sorgen los zu sein.

Die beiden Männer nahmen ihn sofort in ihre Mitte. Irritiert wollte er protestieren, doch sie fassten ihn beiderseits am Ellbogen und drängten ihn in Richtung Barbarossaplatz. Luchs war noch nie ein Held gewesen. Mit Herzklopfen nahm er ihre kahlrasierten Köpfe, ihre kurzen Lederjacken und ihre Sonnenbrillen zur Kenntnis, die sie trotz der späten Stunde trugen. Ihr Griff war kräftig und er spürte die Aura von Gewaltbereitschaft, die sie umgab. Sie stellten sich nicht vor. Mit zitternder Stimme wollte er ihnen klarmachen, dass bei ihm nichts zu holen sei.

„Halt die Klappe!“, schnitt ihm der Ältere mit rauer Stimme das Wort ab. Nach wenigen Metern erreichten sie eine Bank am nahen Barbarossaplatz. Luchs war klar, dass er sich besser fügte. Zu dieser nächtlichen Stunde war der Platz menschenleer. Sie setzten sich rechts und links von ihm und zwängten ihn zwischen sich ein.

Der Ältere richtete seinen Blick auf ihn. Durch die dunklen Gläser der Sonnenbrille fühlte sich Luchs zusätzlich bedroht.

„Du hörst mir jetzt einmal genau zu“, erklärte der Mann. „Ich werde mich nicht wiederholen! Hast du das verstanden?“

Luchs nickte. In den folgenden Minuten führte ihm der Wortführer knallhart seine derzeitige finanzielle Situation vor Augen. Wobei er über Informationen verfügte, die Luchs erschütterten.

„Du bist ein verdammter Spieler, der kurz vor dem finanziellen Kollaps steht. Du bist echt am Ende!“ Der Mann schwieg einen Moment, um seine Worte wirken zu lassen. Luchs wusste, leugnen hatte keinen Sinn. Was aber wollten sie von ihm?

„Es ist dir wohl klar, sollte das deinem Arbeitgeber bekannt werden, bist du auch beruflich geliefert! Wir haben uns erkundigt. Du bist befugt, im Rathaus über Gelder zu entscheiden. Noch! Kein vernünftiger Mensch wird einem Spieler eine solche Befugnis einräumen.“

Luchs sank in sich zusammen. Sein letzter Anflug von Widerstand war gebrochen. Der Mann hatte natürlich recht. Aber warum das Ganze? Nach einer endlos scheinenden Pause, in der er gelangweilt seine Fingernägel betrachtete, ließ der Ältere die Katze aus dem Sack.

„Lass es mich einmal so ausdrücken: Wir sind eine spezielle Art von Dienstleister. Wir bieten Menschen, die uns gut dafür bezahlen, unsere Hilfe bei der Durchsetzung ihrer Interessen an. Wenn es notwendig ist, machen wir uns dann auch schon mal die Hände schmutzig, wenn du verstehst, was ich meine." Das war keine Frage und er erwartete auch keine Antwort. Einen Atemzug später fuhr er fort: „Unser aktueller Auftraggeber benötigt gelegentlich unbürokratisch und schnell bestimmte Erlaubnisse durch das Ordnungsamt." Er lachte knarrend. „... und da – du wirst es schon erahnt haben – kommst du ins Spiel." Der Mann tippte Luchs mit dem Finger ziemlich hart gegen die Brust. Die Doppeldeutigkeit seiner Worte amüsierte ihn. „Du sitzt an der Quelle und kannst unproblematisch das Gewünschte besorgen. Also, insgesamt keine große Sache! Selbstverständlich gegen entsprechendes Honorar. Wir sind ja keine Unmenschen!"

Luchs war noch immer ziemlich geschockt, aber ganz langsam setzte wieder sein analytischer Verstand ein. Da man offenbar etwas von ihm wollte, bestand im Augenblick für ihn vermutlich keine akute Gefahr. Der Typ hatte von einem Honorar gesprochen! Einmal abgesehen davon, dass er wohl gar keine Wahl hatte, konnte das wirklich die Lösung für seine finanziellen Probleme sein. Ein plötzliches Licht in der Finsternis! Vielleicht kam er so aus seinem finanziellen Schlamassel raus. Er wusste natürlich, dass er dafür eine rote Linie überschreiten und sich gewissermaßen auf die dunkle Seite begeben musste. Aber, so beruhigte er sich, es gab für ihn ja keine Alternative.

Nach einer Pause fuhr der Mann fort: „Schlaf eine Nacht darüber. Wir nehmen morgen wieder Kontakt zu dir auf. Vergiss aber nicht, wenn du nicht spurst, geht der nächste Anruf an deinen Chef!" Er erhob sich. „Ach, noch etwas, unsere nette Unterhaltung fällt selbstverständlich unter deine Pflicht zur Amtsverschwiegenheit.“ Wieder dieses hämische Lachen. Einen Moment später saß Luchs alleine auf der Bank. Kalter Schweiß stand ihm auf der Stirn. Irgendein Teil seines Gehirns registrierte, wie die beiden Männer in der nächsten Seitengasse verschwanden. Luchs fühlte sich, als würde er aus einem Albtraum erwachen. Wie betäubt folgte sein Blick einer Gruppe junger Menschen, die ein Stück entfernt lebensfroh lärmend die Juliuspromenade hinuntermarschierten. Sie erschienen ihm wie Figuren aus einer anderen Welt. Langsam erhob er sich und schleppte sich nach Hause. Ihm war klar, ihm blieb nur die Wahl zwischen Pest und Cholera.

Am nächsten Montag erhielt er kurz vor Dienstschluss überraschend Besuch in seinem Büro im Rathaus. Der Mann stellte sich als Rechtsanwalt Höllerich vor. Aus seiner Aktentasche brachte er ohne große Erklärungen ein Dokument zum Vorschein, das er ihm zur Unterschrift vorlegte. Betroffen las Luchs es durch. Es handelte sich um eine Niederschrift, in der er, Luchs, erklärte, spielsüchtig zu sein und immer wieder in nicht geringem Umfang von bestimmten Antragstellern Geldzuwendungen angenommen zu haben. Er wollte zuerst protestieren, weil letztere Behauptung nicht stimmte. Ihm war klar, mit seiner Unterschrift lieferte er sich diesen Leuten restlos aus. Andererseits war er genauso am Ende, wenn sie ihre Drohung wahrmachten und das Rathaus verständigten.

„Machen Sie sich keine Sorgen. Das ist nur zur Absicherung meines Klienten“, erklärte ihm der Anwalt mit maliziösem Lächeln. „Wenn Sie kooperieren, wird dieses Schriftstück nie zum Einsatz kommen. Darauf gebe ich Ihnen mein Wort!“

Er gab sich keiner Illusion hin, was das Wort dieses sogenannten Rechtsanwalts wert war. Schließlich hatte er zähneknirschend unterschrieben. –

Luchs verließ nach dem aufwühlenden Telefonat mit Höllerich sein Büro und schloss ab. Sofort stach ihm der intensive Geruch von Sandelholz in die Nase, mit dem die Reinemachefrau anscheinend gerade den Boden des Flurs vor seinem Büro geputzt hatte. Sein Chef liebte diese Geruchskomponente. Irritiert blieb er stehen und sah sich um. Konnte die Putzfrau sein Gespräch durch die offene Tür mitgehört haben? Er warf nochmals einen prüfenden Blick über den Flur. Weit und breit niemand zu sehen. Eilig verließ er das Rathaus, denn Höllerich hatte ihn zu einem Treffen aufgefordert und es empfahl sich, pünktlich zu sein.

16. August, 17.34 Uhr:

Elvira Stark schob ihren Putzwagen über den Flur. Eigentlich war sie für diese Etage gar nicht zuständig. Aber aus Kollegialität vertrat sie seit einer Woche ihre Kollegin Aglaia Ramscheder, die einen Kurzurlaub angetreten hatte, um ihren Sohn in London zu besuchen. Selbstverständlich übernahm Elvira gerne die Vertretung. In Gedanken versunken schob sie ihren Wagen aus dem Aufzug. Da kam der Oberbürgermeister eilig um die Ecke geschossen. Nur durch eine Vollbremsung konnte sie eine Kollision gerade noch verhindern. Sie entschuldigte sich hastig, doch der Rathauschef winkte nur hektisch, dann eilte er, mehrere Stufen gleichzeitig nehmend, das Treppenhaus hinunter. Kopfschüttelnd sah Elvira ihm hinterher. Jetzt erst bemerkte sie den voluminösen, in Folie eingeschlagenen Blumenstrauß, den er in der Rechten hielt und der im Rhythmus seiner weiten Sätze wippte.

Elvira Stark machte sich ein wenig Sorgen. Hoffentlich übernahm sich der Gute nicht. Vermutlich eilte er zu einer privaten Verabredung. Bei einem dienstlichen Termin hätte sein Fahrer die Blumen im Dienstwagen transportiert und sicher wäre der Herr OB deutlich langsamer gelaufen. Wie allenthalben die Buschtrommeln im Hause verkündeten, war der Rathauschef wieder einmal auf amourösen Pfaden unterwegs. Jedenfalls war er von Mitgliedern immer bestens informierter Kreise schon zweimal mit der gleichen Dame beim Tanzen gesehen worden. Elvira seufzte leise. Was hätte sie darum gegeben, wenn ihr Erich Rottmann ein wenig vom Engagement des Herrn Oberbürgermeisters gehabt hätte. Aber dieser unterfränkische Sturkopf zeigte sich in puncto Zwischenmenschliches nach wie vor ausgesprochen sperrig. Sie schüttelte diese fruchtlosen Gedanken von sich ab und wandte sich ihrer Aufgabe zu. Kollegin Ramscheder hatte sie gebeten, den Steinboden auf ihrem Stockwerk nur nebelfeucht zu wischen und dabei ein spezielles nichtallergenes Antistress-Weihrauchtonikum ins Putzwasser zu mischen, das auf besonderen Wunsch des Leiters des Ordnungsamtes hier verwendet wurde. Seit er im vergangenen Jahr in einem buddhistischen Kloster in Nepal einen einwöchigen Antistress-Yogakurs mitgemacht hatte, war aus ihm ein völlig neuer Mensch geworden. Hatten ihm die Mönche doch dort die Erkenntnis vermittelt, mit hoher Wahrscheinlichkeit die Reinkarnation eines bedeutenden unterfränkischen Klerikers des beginnenden siebzehnten Jahrhunderts zu sein. Daraus erwuchs ihm für sein weiteres Leben eine moralisch-ethische Verpflichtung, der er natürlich gerecht werden wollte.

Elvira, die mit beiden Füßen auf dem Boden stand und derartige esoterische Strömungen sehr kritisch sah, machte sich darüber keine Gedanken. Sie wirkte hier ja nur als Vertreterin und war es im Übrigen gewohnt, dass im Rathaus alle möglichen Menschen ihre speziellen Lebensauffassungen pflegten. Der Flur machte hier einen rechtwinkligen

Knick und mündete in einen Seitengang. Als sie mit dem Feudel um die Ecke wischte, sah sie beiläufig, dass ein paar Meter weiter eine der Bürotüren nur angelehnt war. Elvira runzelte die Stirn. Um diese Uhrzeit war bei den nachgeordneten Organisationseinheiten des Rathauses nur noch selten jemand am Arbeitsplatz anzutreffen. Hatte da vielleicht jemand vergessen abzuschließen? Wischend näherte sie sich der Tür. Gerade wollte sie anklopfen, als sie von drinnen eine männliche Stimme hörte. Sie blieb stehen und lauschte. Es wäre jetzt ausgesprochen bösartig, würde man Elvira Stark unterstellen, sie sei neugierig. Das Gegenteil war der Fall! Elvira war die Verkörperung der Diskretion! Allerdings verfügte sie über ein ausgeprägtes Verantwortungsbewusstsein, das von ihr verlangte, immer und überall sorgfältig auf die Geschehnisse in ihrer beruflichen und privaten Umgebung zu achten. Selbstverständlich erkannte sie sofort Herrn Luchs, der der Stimmlage nach ein Telefonat unerfreulichen Inhalts führte. Sie verstand nur Satzfetzen, die ihr allerdings zu denken gaben. Als sich das Gespräch offensichtlich dem Ende näherte, schnappte sie ihren Wischmopp und verschwand schnell um die Ecke zu ihrem Putzwagen. Sie hatte das Gefühl, es wäre besser, wenn Luchs sie jetzt nicht bemerkte.

Der Aufzug brachte sie kurz darauf in die Chefetage. Während sie das Putzwasser wechselte und wieder normalen Reiniger ins Wasser gab, ließ sie sich das Gehörte nochmals durch den Kopf gehen. Für sie hatte Luchs am Telefon sehr angespannt gewirkt. Irgendwelche konkreten Schlüsse ließen sich aus dem Gehörten aber nicht ziehen. Ihr durch den Umgang mit Erich Rottmann sensibilisierter Instinkt und ihre jahrelangen Erfahrungen im Rathaus hatten ihre kriminalistischen Sinne massiv geschärft.

16. August, 18.00 Uhr:

Gute zweihundert Meter vom Rathaus entfernt sorgte das Personal der Stadtbücherei mit sanftem Druck dafür, dass die letzten Besucher die Räume verließen, damit die Bibliothek rechtzeitig geschlossen werden konnte. Dabei musste man immer wieder mal ältere Kunden des Hauses, die in den gemütlichen Leseecken über der Lektüre eines Magazins, wie beispielsweise des *KICKERs* oder des *PLAYBOYs*, eingeschlafen waren, sanft aufwecken. Zwei Spätentschlossene standen noch vor den Automaten im Eingangsbereich, um die von ihnen ausgewählten Medien zu registrieren, bevor man sie freundlich hinauskomplimentierte.

16. August, 18.55 Uhr – Caféhaus Martinz, Altstadt:

Die hochgewachsene, massige Gestalt des *Nussigen* verließ das Falkenhaus in der für große Menschen typischen, leicht vorgebeugten Haltung durch einen Nebenausgang. Bevor er sein hier abgestelltes Fahrrad aufschloss und vom Ständer schob, versuchte er seine verwaschene Jeans nach oben zu ziehen, was allerdings aufgrund der gegebenen Stauung um seinen „mittleren Ring“ nur sehr unvollkommen gelang. Er schob das Zweirad ein Stück durch die Fußgängerzone in die Martinstraße, wo er es im Biergarten des Caféhauses Martinz abstellte. An einem etwas abseitsstehenden Tisch ließ er sich nieder. Nachdem er sich mit einem geblümten Stofftaschentuch den Schweiß vom zurückweichenden Haaransatz gewischt hatte, zog er aus der Brusttasche seines karierten Kurzarmhemdes ein Prepaid-Mobiltelefon. Das Gerät benutzte er nur für einen bestimmten Zweck, die Nummer kannte nur ein kleiner, elitärer Personenkreis. Er legte es neben sich auf die Tischplatte. Mittlerweile hatte Claudette, die Bedienung, ihn entdeckt. Sie lächelte ihm freundlich zu, während sie an einem anderen Tisch abkassierte. Kurz darauf kam sie zu ihm. Sie fuhr sich mit ihren Fingern durch ihre flotte Kurzhaarfrisur, die ihr im Eifer des Gefechts immer wieder einmal vorwitzig in die Stirn fiel.

„Grüß dich, was kann ich dir bringen? Oder erwartest du noch jemand?“

Er bestellte ein Weizenbier, was Claudette mit einem Kopfnicken bestätigte. Als sie sich vom Tisch entfernte und mit dynamischen Bewegungen Slalom durch die Tischgruppen lief, folgte ihr der Nussige mit interessierten Blicken. Er liebte großgewachsene Frauen. Wegen der hohen Außentemperaturen trug Claudette eine Dreivierteljeans, die ihre markanten Waden sichtbar werden ließ. Wie schon einige Male zuvor versuchte er die Tätowierungen, die an dieser Stelle fragmenthaft erkennbar waren, in ihrer Gänze zu enträtseln. Bisher war ihm das nicht gelungen. Irgendwann, wenn er mutig genug war, würde er sie vielleicht einmal danach fragen. Während er auf das Bier wartete, öffnete er die Satteltasche seines Fahrrads und wühlte blind darin herum. Schließlich hatte er gefunden, was er suchte. Seine Hand kam mit einer angebrochenen Tüte Erdnüssen zum Vorschein. Langsam schob er sich ein paar Nüsse in den Mund und begann langsam zu kauen. Sein schon fast suchtartiges Verlangen, in allen möglichen Lebenssituationen Erdnüsse zu konsumieren, hatte ihm den Spitznamen *der Nussige* eingebracht.

Er warf einen Blick auf seine Armbanduhr. Vor einigen Tagen hatte er für heute eine Zusammenkunft der *Bicycler* zusammengerufen, deren ungekrönter Anführer er war. Hierbei handelte es sich um eine in der Anonymität agierende, inoffizielle Gruppierung honoriger Würzburger Persönlichkeiten. Sie hatten sich zusammengefunden, um für die Interessen der Radfahrer hinsichtlich freier Fahrt über die Alte Mainbrücke einzutreten. Die in der letzten Zeit immer schwieriger werdende Entwicklung auf der Brücke verlangte heute nach einigen grundsätzlichen strategischen Entscheidungen. So entspannt der Nussige äußerlich wirkte, war er doch innerlich ziemlich angespannt. Die Stadt im Allgemeinen profitierte massiv von der Attraktion des Brückenschoppens. Allerdings gab es in der letzten Zeit eine Strömung unter den Weintrinkern, die gegen die Radfahrer arbeitete. Der Brückensturz des Fahrradboten brachte eine Zäsur in die bislang zwar heftig, aber friedlich geführte Diskussion. Langsam schob er wieder einige der leicht gesalzenen Nüsse in den Mund. Außerhalb des Biergartens schlenderte eine distinguierte ältere Dame vorbei, die ihm freundlich zunickte. Er winkte zurück. Sein Bekanntheitsgrad bei der gereiften weiblichen Bevölkerung in der Stadt war bemerkenswert.

In diesem Augenblick schob ein weiterer Radfahrer sein Vehikel in den Biergarten und stellte es an der Seitenwand ab. Als der Nussige Stadtrat Georg Nabenschlager darauf angesprochen hatte, ob er bei den Bicyclern mitmachen würde, hatte dieser sofort zugesagt. Obwohl ein Schoppenfreund par excellence, war Nabenschlager doch auch einer der Vorreiter der Radfahrkultur in der Mainmetropole. Deshalb kämpfte er gerne für die gleichberechtigte Koexistenz von Weintrinkern und Radfahrern, insbesondere auf der Alten Mainbrücke. Der Stadtrat entfernte die Metallspangen von seiner Hose, dann trat er an den Tisch.

„Es ist gestattet?“, fragte er. Nabenschlager war ein Gentleman alter Schule und immer ausgesucht höflich. Der Nussige machte eine einladende Handbewegung und der Neuankömmling ließ sich nieder. Claudette, die den neuen Gast schon entdeckt hatte, trat an den Tisch.

„Herr Stadtrat, was kann ich Ihnen bringen?"

„Wenn ich Sie um einen trockenen Silvaner bitten dürfte und dazu ein Wasser, medium."

Claudette tippte die Bestellung in ihren Computer ein, dann entfernte sie sich, um den Wunsch zu erfüllen.

„Bleiben wir heute ein kleiner Kreis?", wollte Nabenschlager wissen. „Ich denke, es gibt Grundsätzliches zu besprechen."

„Duwe Golgatha hat sein Kommen zugesagt und Jochen Speiche, der Vorsitzende der Würzburger Radfahrkuriere, wollte auch kommen. Er ist zwar im eigentlichen Sinne kein Mitglied bei uns, teilt aber nach dem Brückensturz nachhaltig unsere Interessen und will uns unterstützen."

Nabenschlager nickte mit besorgter Miene. „Soweit ich weiß, war der verunglückte Kurier Opfer eines schrecklichen Unfalls. Trotzdem hält sich in der Bevölkerung nachhaltig das Gerücht, ein radfahrerfeindlicher Unbekannter hätte dabei mitgemischt." Nabenschlager musste dabei sofort an die *Schöppler* denken. Es war bekannt, dass sich die Wirte, die am Brückenschoppen partizipierten, unter dieser werbewirksamen Bezeichnung zusammengeschlossen hatten, um die Interessen der Brückenschoppenenthusiasten gegenüber den Gegnern dieses Events zu vertreten. Nabenschlager war sich aber sicher, hier standen ganz massive wirtschaftliche Interessen im Vordergrund. Seine Gedankengänge wurden unterbrochen, da ein in einem engen Radfahrerdress gekleideter schlanker Mann mit Helm sein Rennrad hereinschob. Der Nussige nickte ihm zu. Während Speiche sein Rad anschloss, betrat auch Stadtrat Duwe Golgatha hinter ihm den Biergarten. Mit einer schnellen Bewegung ordnete er seine wallende graumelierte Künstlermähne, dann trat er mit einem strahlenden Lächeln an den Tisch. Wie es aussah, waren sie jetzt vollzählig.

Der Nussige kam gleich auf den Punkt: „Meine Herren, die Presse hat ja angedeutet, dass hinter dem Vorfall mit dem Radkurier eine militante Gruppierung der Schöppler stecken könnte. Ziel: Fahrradverbot auf der Brücke!" Er schob eine Nuss in den Mund. „Ich habe hingegen Informationen aus dem Rathaus, wonach es Gerüchte gäbe, wir hätten den Angriff gegen den Radkurier selbst inszeniert, um dann den Spieß umzudrehen und zu behaupten, die Schöppler seien die Schuldigen. Alles, damit die Stadt den Brückenschoppen verbietet."

„Einfach bodenlos!", ließ sich Nabenschlager vernehmen. Er schöppelte selbst gerne mal auf der Brücke. „Wer will das denn glauben? Das ist Ehrabschneidung! Das können wir nicht auf uns sitzen lassen!"

„Absolut!", warf Speiche ein und klatschte mit der flachen Hand auf den Tisch, was einen kritischen Blick Claudettes zur Folge hatte.

Der Zorn der Bicycler verschaffte sich in einer längeren Diskussion Luft. Schließlich wurde man wieder sachlich. Nabenschlager formulierte einen Vorschlag: „Wir sollten eine neutrale Person bitten, in dieser Sache Nachforschungen zu betreiben."

„Wer schwebt Ihnen da vor", wollte der Nussige wissen.

„Ich kenne den ehemaligen Leiter der Mordkommission, Erich Rottmann, ganz gut. Wenn die Herren einverstanden sind, werde ich ihn einmal fragen, ob er in unserem Sinne tätig werden würde."

Alle waren froh eine Lösung gefunden zu haben. Nabenschlager wurde gebeten, sich darum zu kümmern. Was er gerne zusagte.

17. August, 20.42 Uhr:

Vor der Mainmühle drängelte sich die Schlange der Weinenthusiasten, die ihren Brückenschoppen im Freien genießen wollten. Das Wetter war hierfür wirklich ideal. Im Innenraum des Lokals waren die Tische ebenfalls gut besetzt, es gab nur noch vereinzelte freie Plätze. Eine Bedienung hastete mit einem Tablett, auf dem mehrere leere Gläser standen, durch das Lokal, als sie von zwei Männern, die soeben die Mainmühle betreten hatten, nach Sitzplätzen gefragt wurde. „Haben Sie reserviert?“, wollte sie wissen. Die beiden verneinten. Sie wollte schon ihr Bedauern ausdrücken, als ihr der Ältere einen Geldschein in die Hand drückte. Ein durchaus überzeugendes Argument. Schließlich waren die Trinkgelder in ihrem Job eine wesentliche Einnahme. Sie überlegte kurz, dann wies sie mit der Hand in eine Ecke und meinte: „Dort am Tisch wurde schon bezahlt. Wenn euch das Pärchen nicht stört und ihr ein bisschen zusammenrückt, sollte es gehen. Wäre das für euch in Ordnung?“

„Geht klar!“, erwiderte der Ältere der beiden. Der Bedienung fiel bei ihm eine ungewöhnliche Tätowierung in Form einer Schlange auf, die sich aus dem Kragen seines T-Shirts bis zum Ohr hinaufschlängelte. Außerdem hatte er auf dem linken Unterarm einen Skorpion tätowiert. Sein deutlich jüngerer Begleiter zeigte das gleiche Tattoo am Arm. Insgesamt entsprachen die beiden Typen von ihrem äußeren Erscheinen und ihrem Auftreten her nicht den üblichen Besuchern der Mainmühle. Der Jüngere wirkte etwas ungepflegt und sein Dreitagebart war eher unter gewollt als unter gekonnt einzuordnen. Beide musterten die anderen Weintrinker in ihrer Umgebung ziemlich aufdringlich. Der Servicekraft war deutlich anzusehen, dass ihr diese neuen Gäste ein gewisses Unbehagen bereiteten. Mit kraftmeierischen Bewegungen ließen sich die beiden an dem besagten Ecktisch nieder und machten sich dabei ziemlich breit. Bereitwillig rückte das Pärchen, so gut es ging, zur Seite. Die beiden jungen Leute waren offenbar frisch verliebt, denn sie nahmen ihre neuen Tischnachbarn kaum zur Kenntnis. Sie hatten nur Augen füreinander. Die beiden Männer nahmen die Speisekarten entgegen, die ihnen die Bedienung reichte. Der ältere der Neuankömmlinge, der sich direkt neben dem jungen Mädchen niederließ, studierte das Angebot, dann drehte er sich plötzlich der jungen Frau zu und gab ihr völlig überraschend einen nicht gerade sanften Stoß mit dem Ellbogen. Dabei beugte er sich nahe zu ihr hinüber.

„Hey, Schätzchen, kannst du mir auf der Karte hier was empfehlen?" Er hielt ihr die Mappe so dicht vor das Gesicht, dass sie fast ihre Nase berührte. Verärgert zuckte sie zurück und funkelte den Störenfried erbost an.

„Sag mal, geht's noch?" Dabei rieb sie sich die Stelle am Arm, wo er sie getroffen hatte. „Du hast mir weh getan! Kannst du nicht lesen?"

„Wieso beleidigst du mich?", zischte der Rempler übergangslos aggressiv zurück. Was sie nicht sehen konnte, war, dass er dabei seinem Kumpel zuzwinkerte. „Hast du das gehört, Junge? Die Tussi hier muckt auf!"

Der Freund des Mädchens, der sich bis jetzt zurückhielt, weil er keine Lust auf Streit hatte, sah sich jetzt doch genötigt, sich einzumischen. Schließlich kratzte das Verhalten der Typen heftig an seiner männlichen Ehre. Diese Provokation war natürlich nicht hinnehmbar. Er beugte sich nach vorne und sprach an seiner Freundin vorbei den Stänkerer an. „Mann, hast du irgendwelche Probleme?"

Darauf hatte der Typ offenbar nur gewartet. Mit einem verschlagenen Grinsen rückte er so nahe an das Mädchen heran, dass dieses zwischen ihm und ihrem Freund regelrecht eingequetscht wurde, dabei legte er seinen Unterarm auf ihre linke Schulter, so dass die Finger seiner Hand dicht über ihrer linken Brust schwebten.

„Bürschchen, an deiner Stelle würde ich die Fresse halten!", knurrte er böse. „Geh heim zu deiner Mama, sonst kannst du morgen deine Suppe aus der Schnabeltasse schlürfen!"

„Jetzt reichts!", brüllte das Mädchen und versuchte sich mit heftigen Bewegungen aus ihrer Bedrängnis zu befreien. Im Gastraum wurde es schlagartig still. Als der Mann keine Anstalten machte, seine Hand zurückzuziehen, packte sie ihr noch halb gefülltes Schoppenglas und schüttete ihm den Wein mitten ins Gesicht. „Nimm deine dreckigen Finger von mir!", schrie sie, so dass es jeder im Lokal hören konnte.

Ihr Freund sprang auf und zog sie schützend an sich. Unter den Gästen machte sich vernehmlicher Unmut breit. Einer hob sein Smartphone und begann zu filmen. Mit einer ätzend langsamen Bewegung wischte sich der Stänkerer den Wein aus dem Gesicht, über das ein böses Grinsen zog. „Du dreckige kleine Schlampe! Das wird dir leidtun!" Er erhob sich demonstrativ und schob dabei den Tisch ein Stück zurück. Auch sein Kumpel, der sich bis jetzt zurückgehalten hatte, erhob sich. Es war klar, die Situation würde gleich aus dem Ruder laufen. Einer der Ausschenker hinter dem Tresen griff zum Telefon. Das war den Typen nicht entgangen. Sie hatten die Anwesenden fest im Blick und wussten, dass ihnen nun nicht mehr viel Zeit blieb.

Mit einer ausholenden Armbewegung wischte der Rädelsführer die Dekoration und einige Gläser vom Tisch. Klirrend zerbrachen sie auf dem Boden. Dann grapschte er nach dem Mädchen, erwischte aber deren Freund, der seine Freundin mittlerweile hinter sich auf Abstand gebracht hatte. Mit Schwung stieß der jüngere Angreifer den Freund nach hinten, der stolperte und auf das Mädchen stürzte.

„Komm hoch, du Lusche!“, fauchte der ältere Schläger, beugte sich hinunter, fasste den Burschen an der Jacke und zerrte ihn mit Schwung in die Höhe. Dies geschah mit einer solch kraftvollen Leichtigkeit, als würde der Junge nichts wiegen. Mittlerweile waren aber einige Kellner herbeigeeilt und versuchten einzugreifen. Das wiederum verhinderte der Jüngere, indem er den ersten Kellner gegen seine Kollegen stieß. Wegen der räumlichen Enge waren die Bedienungen nun praktisch ausgeschaltet. Die Gäste, die in der näheren Umgebung des Streites saßen, flüchteten sich hinaus auf die Brücke. Kurz darauf war näherkommendes Sirenengeheul zu vernehmen.

Der Schlangentätowierte gab einen leisen Pfiff von sich und Sekunden später verschwanden die beiden Typen über die Treppe zum Untergeschoss. Im Vorbeigehen entriss der jüngere Schläger dem Gast, der gefilmt hatte, das Smartphone und nahm es mit. „Schöne Grüße von den Radfahrern!“, rief er dabei und rannte seinem Kumpel hinterher.

Kurz darauf betrat die Streifenbesatzung die Mainmühle. Die Beamten fanden ein ziemliches Chaos vor. Die Bedienungen waren recht aufgelöst und einige Kellner hielten sich ihre geprellten Körperteile. Zersplitterte Weingläser lagen auf dem Boden herum. Die noch anwesenden Gäste redeten wild durcheinander, so dass die Polizeibeamten erst einmal etwas Ruhe schaffen mussten, bevor ein Überblick möglich war.

Währenddessen hatten sich die Täter längst aus dem Staub gemacht und tauchten zwischen den Menschen in der Stadt unter. Der Jüngere wandte sich dem Mainufer zu, wo er das Handy, ein Stück von der Brücke entfernt, in den Fluss warf.

Nachdem die Polizei den ganzen Sachverhalt aufgenommen hatte, begannen die Bedienungen damit, die Unordnung wieder aufzuräumen.

18. August, 10.00 Uhr:

Am nächsten Vormittag öffnete die Mainmühle zur gewohnten Zeit. Von den Spuren des unschönen Ereignisses war nichts mehr zu sehen. Kurz nach zehn Uhr erschien ein Mann im Lokal und verlangte sehr selbstsicher den Eigentümer zu sprechen. Der Kellner verwies ihn in den hinteren Bereich der Mainmühle, wo Jo-Berta Enterich gerade eine Tischdeko richtete.

„Ja bitte?"

„Ich darf mich vorstellen, ich bin Rechtsanwalt Höllerich und würde Ihnen gerne meine Dienste anbieten."

Enterich sah ihn verwundert an. „Ich wüsste nicht, weshalb ich einen Anwalt benötigen würde." Dieser geschniegelte Anzugträger mit den gegelten Haaren war ihm sofort unsympathisch.

„Das werde ich Ihnen gerne erläutern." Ohne Aufforderung setzte sich Höllerich auf einen freien Stuhl und legte seine Aktentasche neben sich. „Wie ich hörte, bekamen Sie gestern unerfreulichen Besuch von zwei Zeitgenossen, die Ihnen ziemlichen Ärger bereitet haben." Das war keine Frage, sondern eine Feststellung.

Enterich hob erstaunt die Augenbrauen. Offenbar hatte sich der Vorfall schon herumgesprochen.

„Sie wissen doch, dass der Brückenschoppen beispielsweise bei den Radfahrern erbitterte Gegner hat. Wie es scheint, bleibt es nicht mehr nur bei verbalen Attacken in der Presse."

Der Anwalt machte eine kleine Pause, dann fuhr er fort:

„Es wäre doch zu schade, wenn solche Schlägertypen Ihnen das Geschäft vermiesen. Angeblich soll ja nur ein wenig Glas zu Bruch gegangen sein. Das wäre ja zu verschmerzen. Aber Sie wissen, die Welt ist schlecht. Theoretisch wäre es doch möglich, dass die Sache beim nächsten Mal eskaliert und es nicht nur bei Scherben bleibt. Da ist es doch ein Segen, dass ich Ihnen ein lukratives Angebot unterbreiten kann. Ich vertrete eine gemeinnützige Gruppe, die Ihnen gerne gegen einen geringen Obolus ihren Schutz anbieten möchte."

Die schleimige Arroganz dieses scheinheiligen Rechtsverdrehers brachte Enterichs Blut langsam zum Kochen. Da der gestrige Überfall mit Sicherheit noch nicht allgemein publik war, gehörte nicht viel Fantasie dazu, zu wissen, von wem der Kerl geschickt war. Zornesröte überzog das Gesicht des Wirtes. Er konnte sich nur mühsam beherrschen. Mitten im Satz unterbrach er den Rechtsanwalt und beugte sich über die Tischplatte.

„Freundchen, du gehst jetzt zu diesen miesen Typen, die dich geschickt haben. Sag ihnen, wenn sie Krieg wollen, können sie ihn haben! Wenn wir wollen, kommt hier kein Radfahrer mehr durch! Und jetzt sieh zu, dass du hier Land gewinnst und aus meinem Lokal verschwindest, sonst …!"

Der Anwalt namens Höllerich schien von dieser Reaktion des Wirts nicht sonderlich überrascht zu sein. Er machte keinerlei Anstalten, der Aufforderung des Gastronomen Folge zu leisten.

„Mein Bester", fuhr er mit aufreizender Tonlage fort, „Sie sollten Ihre unfreundliche Haltung noch einmal gut überdenken! Ich bin nur hier, um Ihnen zu helfen! Sie haben hier ein wunderschönes, florierendes Lokal, das Sie nicht leichtfertig derart aggressiven Zeitgenossen aussetzen sollten." Er machte eine umfassende Handbewegung, die den ganzen Raum einschloss. Jo-Berta Enterich ballte die Fäuste. Schließlich sprang er auf, packte Höllerich am Revers und stieß ihn in Richtung Ausgang.

„Raus hier! Und lass dich hier bloß nicht mehr blicken!"

Der Anwalt hob abwehrend beide Hände und sprang auf. „Lieber Herr Enterich, ich kann verstehen, dass Sie erregt sind. Trotzdem sollten Sie sich von Ihren Emotionen nicht zu einem Fehler hinreißen lassen. Ich lasse Ihnen meine Karte hier, Sie können mich jederzeit kontaktieren." Mit einer schnellen Bewegung zog er eine Visitenkarte aus der Tasche und legte sie vor Enterich auf den Tisch. „Ich würde mich wirklich freuen, wenn wir ins Geschäft kämen." Dann nickte er knapp und eilte hinaus. Dabei hätte er beinahe einen Mann umgerannt, der zeitgleich wie er den Eingang passieren wollte. Schöpf-Kelle, der Starreporter der Mainpostille, brummelte ärgerlich ein Schimpfwort, dann entdeckte er den Gastronomen.

„Guten Morgen, Herr Enterich", grüßte er forsch, „mir ist zu Ohren gekommen, dass sich gestern hier in der Mainmühle eine Schlägerei zugetragen hat. Das ist für unsere Leser natürlich sehr interessant. Dürfte ich Ihnen hierzu einige Fragen stellen?" Während er sprach, zog er sein Diktiergerät aus der Tasche. Jo-Berta riss sich zusammen. Auf keinen Fall durfte er Schöpf-Kelle zeigen, wie erregt er war. Der Reporter würde dadurch nur falsche Schlüsse ziehen.

Das Interview dauerte nur ein paar Minuten. Nachdem Schöpf-Kelle seinen Freischoppen ausgetrunken hatte, meinte er zusammenfassend: „Herr Enterich, Sie sind also der Auffassung, dass es sich bei den beiden Randalierern nur um angetrunkene Gäste handelte, die lediglich Streit suchten?"

„Man soll solche Ereignisse nicht überbewerten. In unserem Geschäft kann es immer wieder einmal vorkommen, dass Gäste unter Alkoholeinfluss über die Stränge hauen. Wir hatten die Sache schnell im Griff und die beiden sind gegangen. Im Übrigen war die Polizei ja vor Ort. Sicher werden die Beamten Anzeige gegen unbekannt erstatten, aber da wird sicher nicht viel dabei herauskommen."

Schöpf-Kelle bedankte sich für das Interview und verließ die Mainmühle. Enterich war noch immer wütend. Nur mühsam hatte er gegenüber dem Reporter die Fassade von Gelassenheit aufrechterhalten können. Das hätte ihm gerade noch gefehlt, dass die Presse diese Sache hochschaukelte. Zornig packte er die Visitenkarte des Anwalts, die er vor Schöpf-Kelle unter seiner Hand verborgen gehalten hatte, zerknüllte sie und warf sie in den Papierkorb. Hier wurde offensichtlich versucht, von ihm Schutzgeld zu erpressen! Ob da wirklich die Bicycler dahintersteckten, wie ihm dieser Höllerich Glauben machen wollte? Er dachte gar nicht daran, in dieser Situation klein beizugeben. Jo-Berta erhob sich. Man musste so schnell wie möglich Gegenmaßnahmen ergreifen! Wobei die Polizei bei seinen Überlegungen erstmal keine Rolle spielte. Er griff zum Telefon und rief der Reihe nach die Brückenschoppenwirte an. Er war gespannt, ob auch die Kollegen schon Besuch von diesem ominösen Anwalt hatten.

18. August, 13.00 Uhr:

Erich Rottmanns Mittagsschläfchen wurde vom Läuten des Telefons gestört. Schnell überwand er seinen inneren Schweinehund und hob ab. Die Stimme, die aus dem Hörer kam, war ihm gut bekannt, allerdings hatte er sie schon lange nicht mehr gehört. „Hier Nabenschlager! Lieber Erich, ich grüße dich."

„Ja, Georg, grüß dich. Das ist aber eine Überraschung!"

„Du hast recht, wir haben uns schon lange nicht mehr gesprochen und ich komme mir auch tatsächlich ein bisschen komisch vor, weil ich gleich mit einer Bitte ins Haus falle."

„Da mach dir mal keine Gedanken. Sag mir einfach, wie ich dir helfen kann."

Nabenschlager zögerte einen Moment, dann erwiderte er: „Erich, wäre es dir möglich, dass wir uns heute Nachmittag mal in der Stadt treffen? Ich habe gleich eine Fraktionssitzung. Danach, sagen wir 16.30 Uhr, im Ratskeller?"

Rottmann zog die Augenbrauen in die Höhe. Wenn Nabenschlager gleich so konkret wurde, musste es etwas Wichtiges sein. Er sagte zu. Wenig später schallte sein Schnarchen durch die Wohnung.

18. August, 16.30 Uhr:

Nabenschlager war pünktlich. Als Rottmann mit Öchsle den Ratskeller betrat, saß der Stadtrat schon vor einem Weinglas an einem Tisch und winkte ihm zu. Rottmann hatte sich noch nicht richtig niedergelassen, da stellte die Bedienung auch schon einen Silvaner vor ihm ab.

Während Nabenschlager Öchsle hinter den Ohren kraulte, meinte er: „Ich nehme an, das ist noch immer dein bevorzugter Wein? Silvaner ‚vom Stein'".

„Für mich der beste Tropfen, den es gibt", grinste Rottmann zurück. Die beiden stießen an und tranken einen Schluck.

„Lieber Georg, sosehr es mich freut, dass wir uns wieder einmal treffen, bin ich mir doch sicher, du bist nicht hierhergekommen, um mit mir über Silvaner zu fachsimpeln."

„Da hast du natürlich recht." Der Stadtrat sammelte sich einen Moment, dann erklärte er: „Erich, wir benötigen deine Hilfe."

Rottmann sah ihn fragend an.

„Wir?“

„Ja, wir. Erich, du hast doch sicher die Spannungen zwischen Radfahrern und Brückenschoppenfans auf der Alten Mainbrücke mitbekommen.“

Erich Rottmann nickte nur.

„Die Probleme eskalieren zurzeit. Da gibt es die Schöppler, die den Brückenschoppen mit allen Mitteln verteidigen, und auf der anderen Seite uns, die Bicycler, die Vertreter der Radfahrer.“ Nabenschlager atmete tief durch. „Dieser Unfall mit dem Fahrradkurier hat natürlich die Lage erheblich verschärft. Es gibt Indizien, die in Richtung unserer Gegner weisen. Auch bei uns gibt es jetzt Stimmen, die immer mehr zu radikalen Methoden raten. Daraus resultieren wechselseitige Schuldvorwürfe, die bald nicht mehr zu ertragen sind. In der Presse wird von einem Augenzeugen berichtet, der kurz vor dem Unfall einen Kapuzenmann gesehen haben will, der den Kurier über das Brückengeländer geworfen haben soll. Jede Seite behauptet nun, dieser Unbekannte sei von der jeweils anderen Interessengruppe angestiftet worden. Eigentlich traurig, dass wir uns so etwas zutrauen.“ Er nahm einen Schluck Wein. „Wir befürchten, dass es zu einem regelrechten Krieg zwischen den Schoppenfreunden und den Radfahrern kommen könnte. Das muss auf jeden Fall verhindert werden! Der Brückenschoppen soll als Attraktion für die Stadt erhalten bleiben.“ Nabenschlager sah Rottmann direkt an: „Lieber Erich, und da kommst du ins Spiel. Wir möchten dich, gewissermaßen als neutrale Person, bitten zu ermitteln, was an den Gerüchten von angeblicher Gewaltausübung dran ist und vor allen Dingen wer dahintersteckt.“

Jetzt nahm Rottmann einen langen Schluck. „Okay, Georg, weil du es bist und ich weiß, wie sehr dir die Belange der Stadt am Herzen liegen. Eigentlich traue ich keiner der beteiligten

Parteien eine solche Handlungsweise zu. Irgendwie habe ich das Gefühl, hier sind Kräfte am Werk, die beide Interessengruppen gegeneinander ausspielen wollen. Fragt sich nur warum! Mal sehen, was ich herausfinden kann. Wir bleiben in Verbindung."

Wenig später gingen die beiden wieder auseinander.

19. August, 0.09 Uhr:

Jo-Berta Enterich, der Pächter der Mainmühle, hatte zum Treffen der Schöppler aufgerufen. Diese Interessengruppe bestand neben Enterich aus Gladiola Römer-Eichstrich, Besitzerin des Mainwein-Bistros, Jörgpaul Winterlich, Mitinhaber des Brückenbäcks, und Eustachius Sesam, Inhaber der Vollkornbäckerei.

Die Zusammenkunft fand noch am selben Tag nach Lokalschluss im Hinterzimmer der Mainmühle statt. Wie sich bei dem Gespräch herausstellte, konnten die anderen drei Lokalbesitzer noch von keinem Besuch querulierender Gäste berichten. In der Alten Mainmühle waren die Schläger offenbar erstmals aufgetreten. Die Schilderung Enterichs trieb den Wirten die Sorgenfalten auf die Stirn.

Die Stimmung während des Treffens wurde explosiv, weil die Wirte hinter der Aktion die Bicycler vermuteten. Gladiola Römer-Eichstrich regte sich so auf, dass sich die Kollegen Sorgen wegen ihres Blutdrucks machten. Schließlich schlug sie vor, eine Truppe kräftiger Burschen aus ihrem Fitness-Club anzuheuern, die es eventuell auftretenden Schlägern mit gleicher Münze heimzahlen sollten.

Jörgpaul Winterlich dachte laut darüber nach, nun doch die Polizei einzuschalten.

Eustachius Sesam, Inhaber der betroffenen Vollkornbäckerei, hatte begründete Einwände dagegen: „Ich befürchte, die Polizei wird diese beiden Kerle nicht so schnell schnappen. Die haben sich doch nach der Aktion in Luft aufgelöst."

„Wir könnten höchstens bei diesem Anwalt ansetzen", überlegte Enterich laut, „von dem wissen wir wenigstens Namen und Telefonnummer! Allerdings ist das auch eine dürftige Spur. Ich habe mal im Netz recherchiert. Es gibt weit und breit keinen Rechtsanwalt namens Höllerich."

„... und die Telefonnummer gehört mit Sicherheit zu einem Prepaidhandy", ergänzte Sesam. „Das kann man also auch vergessen. Im Übrigen, hast du einen Zeugen für das stattgefundene Gespräch?"

Jo-Berta schüttelte den Kopf.

Sesam atmete einmal tief durch, dann fuhr er fort: „Ich habe mir schon überlegt, ob wir nicht einfach zahlen sollten. Vielleicht hätten wir dann unsere Ruhe. Die werden sicher nicht die Kuh schlachten, die sie melken können."

Gladiola schnaubte empört. „Nie und nimmer! Das sind Zecken, Parasiten, die uns aussaugen bis aufs Blut!"

Enterich fasste am Ende das Gespräch zusammen: „Wir sind uns also einig, dass wir uns nicht beugen werden."

Alle nickten.

„Wir stimmen weiter darin überein, dass wir auf jeden Fall das Übel mit der Wurzel ausreißen müssen!"

Wieder allgemeine Zustimmung.

„Was haltet ihr von folgendem Vorschlag: Wir beauftragen einen Privatermittler, der unauffällig und geräuschlos die Hintermänner der Schläger ermittelt und Beweise sammelt. Wenn das gelingt, können wir die Erpresser der Polizei auf einem goldenen Teller präsentieren."

Sie diskutierten eine Weile den Kompromissvorschlag des Mainmühlenwirts. Zum Schluss bestand Konsens, dass mit einer Eskalation niemandem gedient war. Schließlich ging es letztlich ums Geschäft. Enterich wurde verpflichtet, sich diskret nach einem geeigneten Privatermittler umzusehen.

Nachdem die Kollegen gegangen waren, saß Enterich noch eine Weile auf dem dunklen Balkon der Mainmühle. Die beleuchtete Festung spiegelte sich in den schäumenden Fluten des unter dem Balkon tosenden Wehrs. Es war wichtig, einen Mann zu finden, der ebenso beherzt wie diskret an die Lösung ihrer Probleme heranging. Enterich hatte einen großen Bekanntenkreis. Sicher konnte ihm jemand einen guten Ermittler nennen.

19. August, 10.15 Uhr – Rathaus: Büro des stellvertretenden Ordnungsreferenten:

„Luchs, das eine kann ich Ihnen sagen, diese Brückenwirte rauben mir wirklich noch den letzten Nerv. Allerdings muss ich ihnen zugestehen, sich unter dem Oberbegriff *Schöppler* und damit als die Interessenvertreter der gesamten Brückenschoppengemeinde zu verkaufen, ist irgendwie genial." Zacharias Feingold, der Vertreter des in Urlaub befindlichen Ordnungsreferenten der Stadt, stand am Fenster seines Büros und sah hinunter auf den Vierröhrenbrunnen, in dessen Wasser sich die Teilnehmer einer geführten Touristengruppe gerade ihre Arme kühlten. Neidvoll konnte Feingold das erfrischende Wasser förmlich auf seiner Haut spüren. Die Hitze der vergangenen Wochen hatte mittlerweile auch die hitzebeständige Steinbarriere der dicken Rathausmauern überwunden und ließ die braven Stadtbediensteten mit ihren verschwitzten Hintern förmlich an ihren Amtsstühlen festkleben. Er riss sich aus seinen Gedanken und drehte sich zu seinem Gesprächspartner um.

„Kollege Luchs, was wollen die denn schon wieder?"

Feingold ließ sich ächzend auf seinen Schreibtischstuhl fallen. Der Umgang dieser Schöppler mit ihnen als Behörde war immer fordernd, um nicht zu sagen aggressiv. Dabei hatten sie natürlich einen Teil der öffentlichen Meinung auf ihrer Seite. Nach Feingolds Ansicht waren diese Leute als nervig, um nicht zu sagen militant einzustufen.

Luchs entnahm einem dünnen Aktenumschlag ein dicht bedrucktes Blatt Papier und reichte es Feingold über den Schreibtisch.

„Luchs, um Gottes willen, ersparen Sie mir dieses Pamphlet, sagen Sie mir lieber kurz und bündig, was sie wollen."

Luchs räusperte sich. „Kurz gesagt, sie beantragen eine Genehmigung, an den Wochenenden auf der Alten Mainbrücke in den Ausbuchtungen der Heiligenfiguren Verkaufsstände für Kunsthandwerk und Maler aufstellen zu dürfen. Ihnen schwebt dabei die Begründung einer ähnlichen Kulturszene wie auf dem Pariser Montmartre vor." Luchs legte das Schreiben zur Seite, dann fuhr er fort: „Ich vermute mal, den Herrschaften geht es im Kern gar nicht um die Kultur. Das ist Strategie. Wenn die Ausbuchtungen der Brücke mit Händlern und Künstlern vollgestopft sind, werden sich die Brückenschoppengenießer verstärkt auf der Fahrbahn der Brücke zusammendrängeln, und das auf ganzer Länge. Hierdurch würden die Radfahrer praktisch nicht mehr durchkommen. – Kein schlechter Schachzug, wenn Sie mich fragen. Insgesamt aber natürlich heftiger Sprengstoff, sollten wir das gestatten."

Feingold schüttelte den Kopf. „Die sind ja verrückt! Wenn wir da nicht endlich die Bremse reinhauen, werden wir einen Krieg zwischen den Kontrahenten kaum noch verhindern können. Eine Aufklärung des Falles mit dem Fahrradkurier würde sicher zur Entspannung beitragen. Die Gerüchteküche in der

Stadt brodelt! Wir müssen aufpassen, dass uns das alles nicht um die Ohren fliegt." Er überlegte einen Augenblick, dann fuhr er fort: „Also, Luchs, formulieren Sie ein freundliches Antwortschreiben und teilen Sie den Leuten mit, dass der Herr Ordnungsreferent ihren Vorschlag nach seiner Rückkehr aus dem Urlaub höchstpersönlich wohlwollend überprüfen wird. Bis dahin müssen sie sich gedulden." Er atmete tief durch. „Soll sich doch der Chef mit den Spinnern rumschlagen. Er bekommt ja auch das deutlich höhere Schmerzensgeld!"

Luchs nickte und machte sich eine Notiz.

21. August, 22.30 Uhr:

Das etwas in die Jahre gekommene Emailschild mit der schwarz auf weißem Grund eingebrannten Aufschrift hing rechts an der Eingangstür des renovierungsbedürftigen Jugendstilhauses am Friedrich-Ebert-Ring. Die Bäume am Rande des Ringparks warfen im Schein der Straßenlaternen tiefe Schatten. Der hochgewachsene, schlanke Mann löste sich aus ihrem Schutz. Von dort aus beobachtete er schon seit einiger Zeit die Umgebung. Nun überquerte er die Straße. Sein Ziel befand sich im ersten Stock des Hauses. In einem Büro dort brannte noch Licht. Die Beschriftung auf dem Kanzleischild an der Hauswand entsprach zwar nicht mehr den Tatsachen, aber das störte ihn nicht. Nachdem der Mann die knarrenden Stufen des Treppenhauses mit elastischen Schritten überwunden hatte, läutete er. Ihm wurde umgehend geöffnet.

„Schön, Chef, dass Sie die Zeit gefunden haben, hierherzukommen." Der Mann, der bisher unter dem Namen Höllerich in Erscheinung getreten war, machte einen Schritt zur Seite, um seinen Besucher einzulassen. Er geleitete den Chef in sein Arbeitszimmer und bot ihm Platz an. Höllerich selbst ließ sich in einen abgewetzten Ledersessel hinter einem ausladenden Schreibtisch fallen. Alles Erbstücke seines Vaters.

Höllerich spielte nervös mit einem Bleistift. Das Büro, Bestandteil einer zur Kanzlei umgebauten Vier-Zimmer-Wohnung, war nur sehr spartanisch möbliert. Die Tapeten an den Wänden waren ebenso bejahrt wie die drei mit Rattan bespannten antiken Holzstühle. Auf einer dieser Sitzgelegenheiten ließ sich der Chef nieder. Höllerich störte das bejahrte Ambiente nicht weiter, im Gegenteil, er pflegte bewusst das Image eines etwas heruntergekommenen Rechtskundigen, was bei seiner derzeit bevorzugten Klientel gut ankam.

Noch kurz nach seinem Examen träumte er davon, als Staranwalt in einer großen Kanzlei ordentlich Geld zu verdienen. Nach dem Tod des Seniors musste er zusammen mit seinem Vater den Traum von Erfolg und Reichtum begraben. Zum Glück war er ein erfindungsreicher Geist, der schnell erkannte, dass man in juristischen Nischen und rechtlichen Grauzonen ein gutes Auskommen haben konnte. Diese Einstellung führte letztlich zu einer beruflichen Zäsur und zur Geburt des Pseudonyms „Höllerich“.

Die Ursache für die augenblickliche Nervosität Höllerichs saß jenseits des Schreibtisches. Er war dem schlanken, durchtrainiert wirkenden Herrn reiferen Alters erst wenige Male begegnet. Auch heute war das Licht im Zimmer stark gedimmt, wodurch die Gesichtszüge des Mannes fast verschwammen. Er trug einen dunkelblauen Anzug, der sicher im oberen Preissegment eines elitären Herrenausstatters anzusiedeln war. Seine graumelierten, dicht an den Kopf gegelten Haare wirkten wie der ins Graue mäandernde Bart sehr gepflegt. Der Duft eines dezenten Eau de Toilette überlagerte den vorherrschenden Büromuff der Kanzlei. Der Chef zeigte sich ausgesprochen unmutig.

„Ich hatte doch angeordnet, persönliche Treffen auf ein Minimum zu beschränken. Alles Organisatorische sollte doch über Sie laufen! Wenn Sie sich überfordert fühlen, muss ich andere Wege in Erwägung ziehen ..."

Den letzten Satz zog er bedeutungsvoll in die Länge. Seine für einen Mann relativ hohe Stimme klang dabei wie das wütende Zischen einer Schlange. Höllerich lief ein kalter Schauer über den Rücken. Die Identität seines Gegenübers war ihm unbekannt, aber er war sich sicher, dass der Chef über Leichen ging, wenn es sein musste. Trotz der Härte dieses Mannes wirkte er irgendwie androgyn. Zudem war er äußerst scheu, um nicht zu sagen paranoid. Auch vor diesem Treffen musste ein Bekannter Höllerichs, der auf Abhörtechnik spezialisiert war, das gesamte Büro des Anwalts gründlich auf eventuelle Wanzen absuchen.

Höllerich hob mit einer entschuldigenden Geste die Hände. „Es tut mir leid ..., aber ein Treffen in Ihrem persönlichen Umfeld ist ja keine Option. Es ist aber notwendig, einige strategische Parameter neu festzulegen. Wie ich schon angedeutet habe, soll es eine Zusammenkunft der von uns ins Auge gefassten Lokalbesitzer gegeben haben. Möglicherweise wird es gegen uns eine konzertierte Gegenaktion geben. Offenbar lassen sich unterfränkische Gastronomen nicht so leicht einschüchtern, wie wir erwartet haben. Wenn wir zu forsch vorgehen, könnte sich das Rathaus einschalten. Es gibt im Stadtrat durchaus kritische Stimmen, die diesen Brückenschoppen differenziert sehen. Wenn diese Kräfte sich im Stadtrat durchsetzen, kann es zu einem Ausschankverbot kommen. Das kann ja wohl nicht in unserem Interesse liegen."

Der Chef gab Höllerich mit einem Handzeichen zu verstehen, dass er einen Moment nachdenken wollte. Der Anwalt verstummte. Schließlich hatte sein Gegenüber einen Entschluss gefasst.

„Wir werden unsere Aktionen in den Lokalen langsam vorantreiben. Zuerst nur vereinzelte kleine Nadelstiche, damit sie wissen, sie werden keine Ruhe von uns bekommen. Mehr aber nicht! Unterrichten Sie die Männer entsprechend. Lassen wir die Leute ein paar Tage schmoren, behalten Sie sie aber im Auge. Wenn Sie etwas von einer Gegenmaßnahme der Wirte hören, geben Sie mir umgehend Bescheid! Und denken Sie dran, ein Versagen werde ich nicht dulden." Ohne einen Gruß erhob sich der Mann und verließ zügig die Anwaltskanzlei.

Höllerich blieb noch einige Zeit sitzen und starrte vor sich hin. Hier lief ein für ihn höchst riskantes Spiel mit hohem Einsatz. Er musste seinen Selbstschutz im Auge haben. Morgen würde er mit Lore, seiner Freundin, sprechen. Er und Lore pflegten schon seit zwei Jahren, im besten Einvernehmen, eine Bedarfsliaison. Sie verdiente ihr Geld mittels Gelegenheitsjobs in der Gastronomie, das würde er sich jetzt zunutze machen. Zurzeit half sie seiner Kenntnis nach im Brückenbäck aus. Sicher war es von Interesse, zu wissen, mit wem sich der Wirt so unterhielt.

Bevor der Mann im Anzug das Haus verließ, blieb er einen Moment im dunklen Türrahmen stehen und beobachtete wie zuvor die Umgebung. Als er sicher war, dass niemand in der Nähe war, der ihm Aufmerksamkeit schenkte, überquerte er den Friedrich-Ebert-Ring und tauchte in die Dunkelheit des Glacis ein. Langsam schlenderte er durch den Park zu seinem Auto, das er in der Nähe der Universität an der Straße unter hohen Bäumen abgestellt hatte. Wie schon so oft ging er in Gedanken seine Vorsichtsmaßnahmen durch. Diesen windigen Anwalt hatte er voll im Griff. Wenn Höllerich auf die Idee käme, den Mund aufzumachen, um ihn zu verpfeifen, würde er am nächsten Tag sang- und klanglos von der Bildfläche verschwinden. Er hatte entsprechende Sicherheitsmaßnahmen getroffen und das wusste Höllerich auch. Er öffnete den schwarzen Sportwagen mit der Fernbedienung und rutschte hinter das Steuer. Nachdem er sich vergewissert hatte, dass er unbeobachtet war, zog er sich mit einem Ruck die Perücke vom Kopf. Zum Vorschein kamen lange blonde Haare, die er kopfschüttelnd mit den Fingern lockerte. Mit verzerrter Miene entfernte er den angeklebten Bart – der Mann hatte sich in eine Sie verwandelt. Mit einem Lächeln begrüßte sie im Rückspiegel ihr wahres Spiegelbild. An diesem Unternehmen reizte sie nicht in erster Linie das Geld. Das hatte sie nicht nötig. Was ihr nach dem Ausscheiden aus dem aktiven politischen Leben fehlte, waren eine gewisse Auseinandersetzung und der damit verbundene Nervenkitzel. Irgendwann war ihr die Idee mit dem „Projekt" gekommen. Sie reaktivierte ihren Kampfgeist, der sie schon bei ihrer früheren Tätigkeit begleitet hatte. Mit eingeschaltetem Fahrlicht rollte der Wagen langsam aus der Parklücke. Wenig später überquerte sie die Löwenbrücke stadtauswärts. Dabei blickte sie ständig prüfend in den Rückspiegel. Aber niemand folgte ihr.

22. August, 22.49 Uhr:

Einem Beobachter, dem ein Blick vom Turmzimmer des Grafeneckarts über die Alte Mainbrücke möglich gewesen wäre, hätte wieder einmal das erste und das letzte Drittel der Brücke von Menschenansammlungen besetzt gesehen. Einheimische und Touristen sammelten sich rund um die schankberechtigten Weinlokale, um den Brückenschoppen zu genießen. Die Stimmung der Menschen an diesem sommerlichen Abend war fröhlich, entspannt und friedlich. Die Hitze des Tages, die wieder einmal das Thermometer auf über dreißig Grad hatte schnellen lassen, war einer angenehmen, sanften Wärme gewichen. Dies war der leichten Brise zu verdanken, die von den Hängen der Festung Marienberg kommend hinab zum Main wehte und die Schwüle aus dem Talkessel vertrieb. Am Horizont zeigte sich eine immer dunkler werdende Wolkenansammlung, die auf ein mögliches Sommergewitter hinwies. Bis dahin würde aber noch etwas Zeit vergehen.

Jo-Berta Enterich stand im Eingangsbereich der Mainmühle und beobachtete die lange Schlange der Freunde des Brückenschoppens, die sich am Ausschank gebildet hatte. Die Geschäfte gingen heute wieder besonders gut. Der Wirt hatte sich angewöhnt immer wieder mal über längere Zeit die Gäste zu beobachten, um eine herannahende Gefahr von anrückenden Randalierern rechtzeitig erkennen zu können.

Während er so vor sich hin sinnierte, trat plötzlich einer seiner Kellner neben ihn. Seine Stimme klang aufgeregt, als er ihm ins Ohr flüsterte: „Chef, der junge Typ dort in der Schlange, der mit dem Mädchen, das war einer von den Schlägern, die bei uns Zoff gemacht haben."

Enterich erwachte schlagartig aus seinen Gedanken. „Jens, bist du sicher?" Möglichst unauffällig musterte er den jungen Mann, den der Kellner meinte.

„Na ja, ziemlich sicher", schränkte er etwas ein.

Der Wirt bedankte sich bei seinem Kellner. Innerlich kochte er: ‚Was für eine Frechheit von dem Kerl, sich hier wieder blicken zu lassen.' Enterich überlegte fieberhaft, was er machen sollte. Mit dem „ziemlich sicher" seines Kellners war nicht viel anzufangen. Ihn packte ohnmächtige Wut, als er erkennen musste, dass er im Augenblick keine Möglichkeiten hatte. Am liebsten wäre er hingegangen und hätte den Burschen verprügelt. Mit geballten Fäusten musste er zusehen, wie das junge Pärchen wenig später mit Weingläsern in der Hand über die Brücke davonschlenderte. Eines wusste er aber jetzt sicher, diese Ganoven waren noch immer in der Stadt. Er sagte einem der Kellner Bescheid, dann eilte er den beiden hinterher in Richtung Brückenbäck. Er wollte den Kollegen warnen.

Yvonne und Philipp holten sich jeweils einen Brückenschoppen am Ausschank der Mainmühle. Dann schlenderten sie mit ihren Gläsern langsam über das Pflaster, bis sie den Standplatz der *Patrona Franconiae* erreichten. Hier, ein Stück jenseits der Mitte, waren sie der Hauptansammlung der Menschen entkommen. Die leichte Brise strich über die Körper der beiden und brachte erfrischende Abkühlung.

„Yvonne, du bist so still“, stellte Philipp fest und lehnte sich gegen die Steinbrüstung der Brücke.

„Ach, mich ärgert, dass die paar Kröten von der Alten bald aufgebraucht sind. Ich habe im Augenblick keinen Job. Irgendwoher müssen wir doch Kohle bekommen. Das Geld reicht höchstens noch für eine gute Woche. Ich kann langsam keine Spagetti mit Tomatensoße mehr sehen. Du könntest dir doch auch mal ein paar Gedanken machen. Diese Schoppen hätten wir uns eigentlich gar nicht leisten können. An das Sparbuch will ich noch nicht ran.“

„Hey Maus, mein Gott, jetzt mach doch keinen Stress! Im Augenblick können wir noch bei meinem Bruder in dessen WG wohnen, solange er noch im Ausland ist. Die Miete ist bezahlt. Ich habe zurzeit zusammen mit einem Kumpel einen lukrativen Deal laufen. Da gibt es ordentlich Schotter. Einen

Vorschuss habe ich schon bekommen. Wegen des Schoppens mach dir also keine Sorgen. Wenn der Job in einigen Wochen durchgezogen ist, hauen wir beide ab und trampen in die Sonne. Da wird uns das Sparbuch lange über Wasser halten. Wenn die Kohle alle ist, müssen wir halt wieder ein bisschen arbeiten. An den Stränden in Spanien bekommt man immer einen Job."

„Was ist denn das für ein Deal? Kannst du deswegen mit den Bullen Ärger bekommen? Ich habe wirklich keine Lust, hier herumzuhängen, während du im Knast sitzt."

Philipp machte eine lässige Handbewegung. „Die Sache ist völlig easy. Man muss nur ein paar Leuten ein wenig Druck machen. Sie ein bisschen einschüchtern. Die Kohle bekomme ich jeweils bar auf die Kralle. Ärger mit den Bullen gibt's auch nicht, weil von unseren Kunden keiner das Maul aufmachen wird!" Er gab ein meckerndes Lachen von sich.

Yvonne schmiegte sich eng an ihn. Sie war ohne Zweifel total in ihn verknallt. Gleichzeitig genoss sie ihre Freiheit oder das, was sie dafür hielt. Philipp war ein cooler Typ, für den das ganze Leben nur easy war. Sie hatte ganz einfach die Schnauze voll von all den Zwängen und Regeln, die ihr ihre Großmutter ständig auferlegt hatte. Die Alte war zum Schluss nur noch nervig! Sollte sie doch zusehen, wen sie jetzt herumkommandieren konnte.

Sie hatte Philipp vor ungefähr sechs Wochen auf einer Geburtstagsfeier von Philipps Bruder Leon in dessen WG kennengelernt. Eine Freundin hatte sie dorthin geschleppt. Wie das auf Partys so ist, Philipp und sie kamen irgendwie ins Quatschen. Irgendwann am späteren Abend setzten sich in einem der Zimmer mehrere Leute zusammen, um eine Shisha zu rauchen. Yvonne, die so etwas noch nicht probiert hatte, ließ sich von Philipp dazu überreden. Nach einiger Zeit merkte sie, dass in dem Tabakgefäß der Wasserpfeife kein normaler Tabak enthalten war. Sehr schnell geriet sie in einen euphorischen Rausch, der sie die Welt in den buntesten Farben sehen ließ. Etwas später fanden sie sich auf einer Matratze wieder, die in irgendeinem der Zimmer herumlag. Der Sex mit Philipp war wild und ungezügelt. Plötzlich platzte Spuki, eine Mitbewohnerin Philipps, mitten in die Zweisamkeit und machte ihnen eine wüste Szene. Offenbar war sie bis dahin mit Philipp zusammen gewesen. Philipp ließ Spuki eiskalt abblitzen. Erst weit nach Mitternacht verließen sie die Fete und schlenderten durch die nächtlichen Ringparkanlagen. Den Sonnenaufgang erlebten sie in dieser lauen Sommernacht in einer kleinen Grünanlage am Main. Seitdem lebten sie in dem kleinen Zimmer in der WG in der Sanderau.

Die beiden stießen mit ihren Weingläsern an, dann beugten sie sich über die Brüstung und blickten schweigend hinunter in das dunkle Wasser des Flusses. Die mit der Dunkelheit kontrastierende weißliche Gischt des über das steinerne Streichwehr rauschenden Wassers verlieh der Stimmung besondere romantische Akzente. Schließlich stellte Yvonne ihr Weinglas auf der Brüstung ab und drehte sich zu Philipp. Mit festem Griff fasste er sie unter den Achseln und hob sie langsam hoch. Dabei spannten sich die Sehnen seiner Unterarme an und erweckten den eintätowierten angriffsbereiten Skorpion zum Leben. Sanft setzte er sie auf dem Brückengeländer ab. Sie versanken in einem langen, innigen Kuss, der sie Zeit und Raum vergessen ließ.

Keiner von beiden bemerkte den dunklen Schatten, der sich ihnen um die steinerne Heiligenfigur herum näherte. Der Überfall kam völlig überraschend und ließ ihnen keinerlei Chance zu reagieren. Unvermutet fühlte sich Philipp oberhalb seiner beiden Fußknöchel gepackt, ruckartig in die Waagerechte gehoben und mit Wucht über die Brüstung in Richtung Main gestoßen. Instinktiv umgriff er mit seinen Händen die Oberarme des Mädchens, das sich seinerseits fester um den Hals des Jungen klammerte. Sie verloren den Halt und kippten nach hinten. Ehe Yvonne und Philipp einen klaren Gedanken fassen konnten, befanden sie sich im freien Fall. Yvonne stieß einen spitzen Schrei aus, der aber ungehört über dem Fluss verhallte. Sekunden später schlugen ihre Körper mehrere Meter tiefer auf die felsige Schräge des Wehrs auf. Wegen des niedrigen Wasserstands ragten die Steine weit heraus. Es gab deshalb keinen Puffer, der den Aufschlag der beiden hätte abmildern können. Mit voller Wucht prallten sie auf den Steinen auf. Durch das Gewicht des auf sie stürzenden Jungen wurde der Aufschlag der jungen Frau noch verstärkt. Beim Aufprall brach Yvonne sich das Genick und den Schädel. Ein Felsbrocken zertrümmerte Philipps Stirn. Er war ebenfalls auf der Stelle tot.

Der Täter sah hinab und überzeugte sich vom Erfolg seiner Aktion. Dann verharrte er einige Sekunden im Schatten der Gottesmutter und prüfte die Umgebung. Aber offenbar hatte keiner der Weintrinker auf der Brücke den Absturz mitbekommen. Sie waren zu weit entfernt und der Geräuschpegel der sich unterhaltenden Weintrinker übertönte den Notschrei der beiden völlig. Mit einer elastischen Bewegung schwang sich die Gestalt auf ein Fahrrad, das wenige Meter entfernt an der Brüstung lehnte, und schlängelte sich ohne Hast durch die Menschen in Richtung Grafeneckart. Die beiden fast vollen Weingläser blieben auf der Brüstung zurück.

22. August, 23.13 Uhr:

Kurz nach dreiundzwanzig Uhr machte sich Benno Hörnlein auf den Heimweg. Hörnlein arbeitete im mittleren Management seiner Firma, was gelegentliche Auslandseinsätze und immer wieder mal unregelmäßige Arbeitszeiten mit sich brachte. Heute war er in ganz besonderer Weise herausgefordert worden. In der Rückschau konnte er mit dem Ergebnis seiner heutigen Bemühungen sehr zufrieden sein. Ohne Rücksicht auf persönliche Interessen zog er nun schon seit mehr als einem halben Tag mit einer fünfköpfigen Geschäftsdelegation aus Weißrussland um die Häuser. Entgegen dem landläufigen Klischee des ständig Wodka trinkenden Russen überraschten die Herren mit dem Wunsch, unbedingt an einer Whiskeyprobe teilnehmen zu wollen. Jetzt konnte man Würzburg nicht gerade als Hochburg unterfränkischer Whiskeyherstellung bezeichnen. Benno gelang es aber, einen Store in Grombühl auszumachen, der erfreulicherweise eine Vielzahl derartiger Destillate anbot. Benno buchte für die Russen sofort eine Verkostung. Sein Chef, notorischer Antialkoholiker, wollte dies gegenüber seinen Geschäftspartnern natürlich nicht zugeben. Er schützte daher einen wichtigen familiären Termin vor und übertrug die weitere Zuständigkeit an Benno. Wobei er als selbstverständlich voraussetzte, dass Benno bereitwillig seine Leber in den Dienst der Firma stellte. Die Verkostung wurde ein voller Erfolg! Die Nehmerqualitäten der Russen beeindruckten Benno zutiefst, die Wirkung des Alkohols schien an ihnen regelrecht abzuprallen. Nach zwei Stunden des ausgiebigen Whiskeygenusses verlangte es den Herrn dann nach einem leichteren Getränk und etwas romantischem Sightseeing. Kurzerhand bestellte Benno ein Großraumtaxi und verfrachtete seine Gäste zur Alten Mainbrücke. Mitten hinein in den Pulk der Weingenießer aus allen Bevölkerungsschichten führte er die Männer und bestellte gleich eine Runde trockenen Silvaner. Die beeindruckende Kulisse der Festung Marienberg und das Flair der über alle sozialen Grenzen im Geist des Weines vereinten Menschen animierte die Delegation zu immer weiteren Runden. Bis irgendwann Benno Hörnleins Leistungsgrenze deutlich erreicht, wenn nicht gar überschritten war. Ab einem gewissen Pegel machte er sich in zunehmendem Maße Sorgen darüber, ob die Statik der jahrhundertealten Brücke die vielen Menschen tatsächlich tragen konnte. Glaubte er doch nach dem fünften Schoppen eindeutig seismische Schwankungen des Bauwerks feststellen zu müssen. Die Erlösung für ihn kam, als sich die Russen nach ausgiebigem Genuss der Aussicht und des Weins entschlossen, den jungen Abend in einem Etablissement ausklingen zu lassen, das einen gewissen körperentspannenden Komfort bot und somit das zunehmende Bedürfnis der Russen nach Romantik befriedigen konnte. Benno, der sich derartige Entspannung bestenfalls ein- bis zweimal im Quartal im ehelichen Schlafzimmer erhoffen durfte, beschloss, an diesem Punkt den Abflug zu machen. Solcherlei Einsätze standen, auch bei großzügiger Auslegung, nicht in seinem Arbeitsvertrag. Seine Gattin würde ihn sowieso schon mit gerunzelter Stirne empfangen, wenn er in diesem angegriffenen gesamtkörperlichen Zustand in den ehelichen Hafen hineinschipperte. Er kannte seinen Schatz genau und wusste, schon jetzt schrammte er stark an einer roten Linie entlang. Nach seiner theoretischen Kenntnis sollte es ein entsprechendes Etablissement im Neuen Hafen geben. Wiederum orderte er ein Großraumtaxi, dessen Fahrer sicher entsprechende Hinweise geben konnte. Wenig später entschwanden die Herren in Richtung körperlicher Freuden.

Das Letzte, was er von ihnen hörte, war das Intonieren russischer Wolgalieder. Sein Chef würde zwar etwas grollen, wenn er an dieser Stelle die Betreuung abbrach, aber alle berufliche Aufopferung hatte irgendwo ihre Grenze – immer aber an Schatzis roter Linie.

22. August, 23.45 Uhr:

Die Rücklichter des Taxis waren noch nicht völlig außer Sicht, als Benno etwas breitbeinig den Heimweg über die Brücke in Richtung linksmainisches Ufer antrat. Er bewohnte mit Schatzi ein kleines Häuschen in der Nähe der Festung. Es lag demnach noch eine gewisse Fußstrecke vor ihm. Eine Zeitspanne, in der er hoffte, seinen Alkoholpegel deutlich herunterfahren zu können.

Kurz vor dem Zenit des mittleren Brückenbogens wurde es Benno Hörnlein plötzlich schlecht. Er hatte gerade eine ausgelassene Gruppe älterer Herren passiert, die sich anscheinend auch in einer ausgeprägten Weinseligkeit befanden, die er aber momentan nicht teilte. Ihre fröhlichen Zurufe quittierte er mit einem schwachen Winken. Konnte es sein, dass dieses trutzige Bauwerk, das Jahrhunderte mit Kriegen, Kämpfen, Eistrift und Hochwassern unbeschadet überstanden hatte, plötzlich so stark ins Wanken geriet, dass sich bei ihm ein Anflug von Seekrankheit bemerkbar machte? Unwillkürlich versuchte er sanft gegenzusteuern. Das Schlingern übertrug sich auf seinen aufbegehrenden Magen. Auf Höhe der Patronin der Franken verweigerte ihm der Magen schließlich die Zusammenarbeit. In einer wilden Attacke presste er seinen Inhalt in die unübliche Aufwärtsrichtung. Mit einem röhrenden Würgen schaffte es Benno gerade noch an die Brückenbrüstung hinter der Steinfigur. So blieb der im Leben vielgeprüften steinernen Gottesmutter für diesmal der Anblick eines kotzenden Unterfranken erspart. Benno spendete dem Main reichlich Silvaner und mit der gleichen Dynamik auch noch einen Rest Whiskey, dann war es überstanden und er öffnete mühsam die Augen. Längere Zeit stützte er sich an der Brüstung ab und gab seinem Körper die Chance, sich zu erholen. Wenn er später sein trautes Heim betrat, musste er sich auf das Niveau eines leichten Schwipses heruntergefahren haben. Wer übertrat in einer Ehe schon gerne rote Linien? Plötzlich bemerkte er auf der Brüstung zwei noch gefüllte herrenlose Weingläser. Selbst in seiner angegriffenen Gesamtkonstitution fand er die Kraft, seiner Empörung über so viel Verschwendung und Missachtung gegenüber dieser Gottesgabe mittels eines kräftigen Fluches Ausdruck zu verleihen. Dabei erfassten seine leicht getrübten Augen unten im Wasser zwei dicht beieinanderliegende größere Objekte, die regungslos in der Strömung des ablaufenden Wassers auf den Felsen des Streichwehrs lagen. Benno Hörnlein sammelte sich einen Moment, dann überzeugte er sich mit einem zweiten und dritten Blick davon, hier keiner alkoholbedingten Fata Morgana erlegen zu sein. Die brutale Gewissheit, dort unten tatsächlich zwei regungslose menschliche Körper zu sehen, reduzierte die Wirkung des Alkohols schlagartig.

„Hilfe!", stammelte er. Dann lauter: „Hilfe! Um Gottes willen! Hilfe!"

Einen Augenblick später standen mehrere Männer neben ihm.

„Was ist los?", wollte einer wissen. „Können wir Ihnen helfen? Benötigen Sie einen Arzt?"

Bruno deutete stotternd zum Brückengeländer. „Dort …, dort unten im Wasser!"

Der bärtige Mann, der ihn angesprochen hatte, schaute zunächst etwas skeptisch, trat dann aber an das Steingeländer und warf einen Blick in die Tiefe.

„Ach du meine Güte!“, stieß er laut hervor, dann griff er hastig zum Mobiltelefon und wählte den Polizeinotruf 110. Trotz seines offensichtlichen Alkoholkonsums war er in der Lage, dem Beamten in der Einsatzzentrale alle notwendigen Informationen durchzugeben. Er wusste, die Beamten würden auch den Notarzt verständigen. Seine Kumpels kümmerten sich mittlerweile um Bruno Hörnlein, der einem Zusammenbruch nahe war.

22. August, 23.58 Uhr:

Es dauerte nur kurze Zeit, bis der erste Streifenwagen auf Höhe des Grafeneckarts zum Stehen kam. Zwei Polizisten sprangen heraus und hasteten über das Kopfsteinpflaster in Richtung Tatort. Dabei teilten sie armwedelnd die Menge der herumstehenden Schoppentrinker wie einst Moses das Rote Meer.

Als die zwei Ordnungshüter Bennos Gesamtzustand zur Kenntnis nahmen, während er ihnen mit leicht schwammiger Sprache seine Entdeckung schilderte, zogen sie zunächst zweifelnde Gesichter. Dann warfen sie aber doch einen Blick über die Brüstung und es war ihnen klar, hier handelte es sich nicht um die Fantastereien eines Betrunkenen. Der Streifenführer griff schnell zum Funkgerät und forderte den Notarzt, die Feuerwehr und den Kriminaldauerdienst an, wobei er darauf hinwies, dass die Einsatzkräfte zum Mainkai unterhalb der Brücke kommen sollten, da die Bergung nur über das Wasser möglich sei. Anschließend räumten die beiden Polizisten sehr nachdrücklich die Brücke, was natürlich den Protest der letzten hartnäckigen Schoppentrinker auslöste, aber erfolglos. Mit Polizeiband sperrten sie anschließend den Zugang beiderseits ab. Die unmittelbar beteiligten Zeugen forderten sie auf, bis zum Eintreffen der Kriminalpolizei zu warten.

Die Sirene des heranrasenden Notarztes schallte zuerst über den Fluss. Kurze Zeit später ertönte eine wahre Kakophonie heulender Sirenen über den Mainkai. Bald wimmelte es unten am Ufer von Einsatzkräften. Benno Hörnlein war mittlerweile über die Situation nicht mehr ganz so unglücklich. Schließlich musste er sich jetzt gegenüber seiner Frau keine Ausreden mehr einfallen lassen, weswegen er so spät nach Hause kam. Schließlich war er ein wichtiger Zeuge. Bis er dann das heimische Schlafzimmer betreten würde, war er dank des langen Zeitraums bis dahin quasi ausgenüchtert.

Rückschau, 22. August, 16.24 Uhr:

Erich Rottmann, Urbild eines gestandenen Mainfranken, stand nackt, wie Gott ihn geschaffen hatte, vor dem dampfbeschlagenen Spiegel seines Badezimmers und bemühte sich, das feuchte Saunatuch, mit dem er sich gerade abgetrocknet hatte, um den südlichen Bereich seines stattlichen unterfränkischen Astralleibs zu schlingen. Das Tuch war ein Geschenk von Elvira Stark zu seinem letzten Geburtstag und zeigte eingestickt die nicht ganz anspielungsfreie Inschrift *Silvaner formte diesen Körper.* Tatsache war, gewöhnliche Badetücher waren für ihn aufgrund ihrer begrenzten Ausmaße für diesen verhüllenden Zweck schon seit vielen Jahren definitiv nicht mehr geeignet.

Rottmann hatte soeben eine ausgiebige Dusche genossen und musterte nun kritisch seine stachelige Kurzhaarfrisur und seinen Vollbart. Nächste Woche würde er wohl wieder einmal den Frisör seines Vertrauens aufsuchen müssen. Rottmann konnte sich über einen kräftigen Haarwuchs wahrlich nicht beschweren. Die Klagen seiner Geschlechtsgenossen, deren Stirn immer höher und deren Scheitel immer breiter wurde, konnte er nicht nachvollziehen. Wahrscheinlich die Folgen einer Hormonunterversorgung, über die er sich wirklich keine Gedanken machen musste. Leider zeigte sich diese Wuchsdynamik auch an Stellen, wo er sie für ziemlich überflüssig hielt. Welchen Nutzen bitte hatten Haarbüschel, die mit der Penetranz eines Dschungelgewächses aus den Nasenlöchern ins Freie drängten? Vergleichbares galt für seine Ohren. Von dem hartnäckig sprossenden Haarteppich auf seinem Rücken ganz zu schweigen. Langsam wurde die Ähnlichkeit mit einem Gorillasilberrücken immer deutlicher. Es gab Theorien, wonach die sich auf dem Haupte eines Mannes zurückziehenden Haare umso ungezügelter in der Nase und auf dem Rücken ins Freie drängten. Rottmann zuckte mit den Schultern. Sei's drum. Entschlossen griff er zu dem vor einiger Zeit erworbenen elektrischen Nasenhaarschneider, der laut Beschreibung eine nachhaltige, schmerzfreie Rasur dieser überflüssigen Gewächse in Nase und Ohren versprach. Wie immer, wenn diese Prozedur fällig war, beäugte der Exkommissar misstrauisch die oben abgerundete, schmale Einführvorrichtung des Geräts, an der entlang die winzigen Messer zu sehen waren, die den Schneidvorgang vollziehen sollten. Es kam ihm so vor, als würden sie in der Tiefe des Schneidkopfes wie die Zähne gieriger Piranhas lauern. Ein energischer Knopfdruck erweckte das Gerät zu surrendem Leben. Ein Geräusch, das ihn frappierend an den Bohrer seiner Zahnärztin erinnerte. Zögernd führte Rottmann die Spitze in den Eingang seiner rechten Atemöffnung. Fast hätte er es fallen lassen, da sich die Messer sofort mit der Gier eines

Rasenmähers auf die unerwünschten Haare stürzten. Das dabei entstehende Geräusch wirkte irgendwie bösartig und erzeugte das Bild einer Heckenschere bei der Arbeit. Mal abgesehen davon, dass der Schneidvorgang ein heftiges Kitzeln im Inneren seines Riechorgans auslöste, hielt das Gerät aber, was es versprach. Binnen kürzester Frist war Rottmann ohne Verletzungen in Nase und Ohren haarfrei.

Zufrieden und irgendwie erleichtert betrachtete Rottmann mit geblähten Nüstern das Ergebnis seiner Bemühungen, wobei er fast in den Spiegel hineinkroch. Ein Blick auf seine Armbanduhr, die er auf dem Rand des Handwaschbeckens abgelegt hatte, mahnte ihn zur Eile. Schließlich wollte er zu dem einmaligen Ereignis, zu dem er eingeladen war, auf keinen Fall zu spät kommen. Schnell griff er nach einer pflegenden Bodylotion und cremte sich ein. Eingehüllt in eine Wolke aus männlich-markantem Wohlduft verließ er den Ort der Reinlichkeit, wo er von Öchsle bereits schwanzwedelnd erwartet wurde. Bei seiner geplanten Abendgestaltung würde er den Rüden heute leider nicht mitnehmen können. Elvira hatte sich bereit erklärt, Öchsle bis zum morgigen Tag Asyl zu gewähren.

22. August, 17.45 Uhr:

Elvira Stark saß ihm Wohnzimmer ihrer Eigentumswohnung und betrachtete nachdenklich Öchsle, den Erich Rottmann vor wenigen Minuten bei ihr abgegeben hatte. Der Rüde hatte es sich auf einer Hundedecke bequem gemacht, die Elvira für derartige Besuche bereithielt. Es kam ja immer wieder mal vor, dass Rottmann bei ihr für seinen Vierbeiner um Asyl bitten musste, da er ihn dann doch nicht überall mit hinnehmen konnte. Als sie ihn heute nach dem Grund gefragt hatte, warum er seinen vierbeinigen Freund bei seinem Vorhaben nicht mitnehmen konnte, hatte Erich Rottmann entgegen seiner sonstigen Art ausweichend geantwortet. Ihr war aber keineswegs die Duftwolke entgangen, die Rottmann umschwebte wie eine Aura. Erich Rottmann achtete durchaus auf seine Körperhygiene, wobei ihn als Pfeifenraucher aber immer eine Note seines herben Tabaks umgab. Heute schien er aber in seinem Duftwässerchen regelrecht gebadet zu haben. Irgendetwas war da im Gange, was ihr Rottmann offensichtlich verheimlichen wollte. Was konnte das sein? Elvira verfügte über eine gewisse Grundneugierde, die zu befriedigen ihr ein großes Bedürfnis war. Rottmanns Verhalten war dafür ein Anreiz. Sie würde schon herausfinden, was da im Busch war. Jetzt würde sie sich aber erst einmal einer anderen Herausforderung stellen. Während Öchsle sich ausgiebig mit einem Kauknochen beschäftigte, den ihm Elvira gegeben hatte, ging sie zum Schrank und nahm einen kleinen Stapel Formulare heraus, die sie wegen Rottmanns Besuch zur Seite gelegt hatte, damit er ihr nicht gleich auf die Schliche kam. Rottmanns Kriminalistenaugen entging so schnell nichts. Sie bereitete sich eine Tasse Kaffee zu, dann setzte sie sich an den Wohnzimmertisch, faltete die Formulare auseinander und griff sich einen Bleistift. Elvira Stark hatte sich vorgenommen sich der Herausforderung der Führerscheinprüfung zu unterziehen! Sie hatte sich ja vor noch nicht allzu langer Zeit ein luxuriöses Wohnmobil gekauft, das nun am Campingplatz *Kalte Quelle* stand und darauf wartete, dass man mit ihm die Welt eroberte. Eigentlich hatte sie mit Erich Rottmann entsprechende Urlaubsreisen durchführen wollen. Da der alte Sturkopf aber keine Anstalten machte, die Stadtgrenze von Würzburg zu überschreiten, hatte sie sich kurzentschlossen bei einer Fahrschule angemeldet. Der sehr nette Fahrlehrer hatte ihr versichert, dass es keinen Grund gäbe, nicht auch noch in ihrem Alter die Fahrerlaubnis zu erwerben. Sie war sich allerdings nicht so sicher, ob er nach zwei Beinahekollisionen mit einem Radfahrer und einem Lkw noch immer so optimistisch war. Jedenfalls ließ er sich nichts anmerken. Jetzt musste sie aber erst einmal die Übungsbögen für die theoretische Prüfung durcharbeiten. Am nächsten Tag stand die nächste Schulungsstunde in der Fahrschule an.

22. August, 17.55 Uhr:

Etwa zur gleichen Zeit war der pensionierte Leitende Oberstaatsanwalt der Staatsanwaltschaft Würzburg, Dr. Horst Ritter, wie Rottmann Gründungsmitglied des ehrenwerten Stammtisches *Die Schoppenfetzer*, im Begriff, sich auf ungewohnte Abwege zu begeben. Ritter, im täglichen Leben ein distinguierter älterer Herr, dem als Jurist jegliche Art von gesetzlicher Grenzüberschreitung verpönt war, fühlte sich in seiner augenblicklichen Situation ausgesprochen unwohl. Aus den Tiefen einer längst vergessenen Vergangenheit hatte sich eine Stimme gemeldet, die ihm großes Unwohlsein bereitete. Sie zwang ihn auf eine geheime Mission, deren Ergebnis möglicherweise sein ganzes Leben auf den Kopf stellte. In seiner Not hatte er sich an seinen Stammtischbruder Xaver Marschmann gewandt, der als ehemaliger Kriminalbeamter und Undercoveragent am besten geeignet erschien, ihm beizustehen.

Ursache für diese Probleme war ein befremdlicher anonymer Anruf gewesen, der Ritter vor einigen Tagen auf seinem Handy erreichte. Bei diesem Gespräch teilte ihm eine weibliche Person mit, sie müsse ihn unbedingt unter vier Augen in einer sehr persönlichen Angelegenheit sprechen.

Auf seine erstaunte Nachfrage hin forderte sie ihn ziemlich kryptisch auf, er solle sich doch einmal an seinen Urlaub vor ungefähr fünfzehn Jahren auf der griechischen Insel Lesbos erinnern und in diesem Zusammenhang über das Prinzip von Ursache und Wirkung nachdenken. Sie würde am zweiundzwanzigsten August für zwei Tage in Würzburg sein und möchte ihn gerne an diesem Tag um 18 Uhr im Zimmer 1199 im Hotel Amberger sprechen. Sollte er nicht erscheinen, würde sie ihn auch gerne zuhause aufsuchen, um ihm dort ihr Anliegen vorzutragen.

Mal abgesehen davon, dass er keine Vorstellung hatte, wie diese Frau an seine Handynummer gekommen war, brachten ihn ihre geheimnisvollen Andeutungen dann doch zum Grübeln. Tagelang versuchte er, sich längst vergangene Zeiten zu vergegenwärtigen. Tatsächlich verbrachte er Jahre nach dem frühen Tod seiner Ehefrau seinen Jahresurlaub einige Male in Griechenland. Nach einer längeren Phase der Trauer fand er dort wieder den Weg ins Leben zurück. Bei einem dieser Aufenthalte lernte er Alexandros Papadopoulos, einen reichen Olivenölproduzenten, kennen, der ihn auf seine Jacht *Poseidon* einlud. Die schönen Fahrten über die Ägäis und die häufigen Partys an Bord waren ihm noch in guter Erinnerung. Papadopoulos war Junggeselle und wirklich kein Kostverächter. Regelmäßig nahm er auf diesen Touren griechische Schönheiten mit, die dem Zwischenmenschlichen sehr zugetan waren. Papadopoulos war der Grund, dass er, Ritter, das Leben wieder genießen konnte. Wenn Ritter darüber nachdachte, konnte es da durchaus mehrere Damen geben, die als Anlass für das heutige Treffen in Frage kommen konnten. Ritter war ja Witwer gewesen und hatte sich in der Rückschau nichts zu Schulden kommen lassen, aber speziell in seiner jetzigen Lebenssituation waren solche Stimmen aus der Vergangenheit äußerst problematisch, um nicht zu sagen unerwünscht.

Dr. Ritter war kurz vor seinem Ruhestand mit Heidi Cunningham, seiner ehemaligen Chefsekretärin, zusammengezogen. Heidi, Witwe eines höheren Offiziers der amerikanischen Streitkräfte, der im Vietnameinsatz sein Leben lassen musste, war eine selbstbewusste, energische Frau. Schon als Sekretärin ihres späteren Lebenspartners beeinflusste sie die private Existenz ihres Chefs maßgeblich und tat dies nach ihrem Einzug noch konsequenter. Horst Ritter war sich der Gefahr sehr bewusst, die das heutige geheime Treffen heraufbeschwören konnte, wenn sie davon erfuhr. Heidi war äußerst eifersüchtig und wachte mit Argusaugen über das Wohlverhalten ihres Lebensgefährten, insbesondere gegenüber dem weiblichen Geschlecht. Dabei machte die Tatsache, dass er seiner Heidi vor zwei Wochen beim Jahreswechsel, stimuliert von einem kleinen Silvesterrausch, einen Heiratsantrag gemacht hatte, die Angelegenheit nicht einfacher. Sie nahm freudig an und erklärte ihm, wie glücklich sie sei, dass er ihr nun ganz gehören würde. Auch vor dem Gesetz. Eine Formulierung, die ihm etwas zu denken gab.

Diese Nachricht erschütterte nach Bekanntgabe durch Ritter den Stammtisch in seinen Grundfesten, gab es am runden Tisch doch einige Schoppenbrüder, die ihre Junggesellenburg bisher standhaft gegen jedwede weibliche Attacke verteidigten. Insbesondere Erich Rottmann machte sich Sorgen, dass dieses Beispiel Schule machen könnte. Dabei stand vor seinem geistigen Auge das Bild einer ganz konkreten weiblichen Person. Es gab mehrere feuchtfröhliche Beratungsgespräche am Stammtisch, bei denen Rottmann und die anderen Schoppenfreunde den Stammtischbruder Horst über die Risiken und Nebenwirkungen eines solchen Schrittes aufklärten. Doch Ritter war beharrlich geblieben und die Schoppenfetzer versicherten ihm, dass er am Stammtisch jederzeit eine Zuflucht finden würde – falls es irgendwann einmal notwendig sein würde.

Dr. Ritter und Xaver Marschmann hatten das richtige Stockwerk mit dem Aufzug erreicht. Jetzt bewegten sie sich langsam über den Hotelflur. Der flauschige Teppichboden verschluckte jedes Geräusch. Da legte Horst Ritter seinem Freund die Hand auf den Arm und wies mit dem Finger nach vorne. Marschmann nickte, er hatte das glänzende Messingschild mit der fraglichen Zimmernummer auch gesehen.

„Xaver, du kommst aber bitte mit rein", bat Horst Ritter flüsternd, obwohl außer ihnen kein Mensch auf dem Flur unterwegs war.

„Mach dir keine Gedanken. Ich bin im Kampfmodus", antwortete Marschmann in gleicher Lautstärke und hob zum Beweis seine geballte Faust. Das leichte Grinsen, das bei dieser Antwort über Marschmanns Gesicht huschte, konnte Ritter, der sich schon wieder angespannt nach vorne orientierte, allerdings nicht sehen.

Vor der Tür mit der Nummer 1199 blieb Ritter stehen und näherte sein Ohr vorsichtig dem Türblatt. Aber durch die stabilen, mit hoher Dämmleistung ausgestatteten Hoteltüren drang kein Geräusch nach außen. Schließlich richtete sich Ritter wieder auf, atmete tief durch und warf seinem Begleiter einen unsicheren Blick zu. Als Marschmann ihm aufmunternd zunickte, hob er die Hand und klopfte eher zaghaft gegen das Holz. Beide Männer lauschten angespannt, doch es erfolgte keinerlei Reaktion. Mit einer auffordernden Handbewegung bedeutete Marschmann seinem Stammtischbruder, es erneut zu versuchen. Diesmal pochte Ritter kräftiger.

Eine Sekunde später hörte man das leise Knacken des Schlosses und die Tür schwang langsam nach innen. Wie angewurzelt stand Horst Ritter vor dem Eingang und blickte in die Dunkelheit des Zimmers. Offenbar waren die dichten Vorhänge zugezogen. Lediglich im Hintergrund konnte er den schwachen Schimmer eines gedämpften Lichtes erkennen.

„Hallo", rief er verhalten, „ist da jemand?" Angespannt verharrte er auf der Türschwelle.

„Ja, komm doch bitte herein", hörte man eine vermeintlich weibliche Stimme, die aber so quietschig klang, dass sie offensichtlich verstellt war.

Horst Ritter warf seinem Begleiter nochmals einen fragenden Blick zu. Als dieser jedoch auffordernd nickte, warf Ritter alle Bedenken über den Haufen und überschritt entschlossen die Türschwelle. Kaum hatte er den Fuß aufgesetzt, als schlagartig sämtliche Raumlichter ansprangen und er geblendet die Augen schließen musste. Gleichzeitig ertönte sehr laut eine Art Fanfare, wie man sie von Fußballveranstaltungen kannte, und eine tiefe Stimme, die er trotz seiner Verwirrung unzweifelhaft Erich Rottmann zuordnen konnte, rief:

„Lieber Horst, deine Stammtischbrüder begrüßen dich ganz herzlich zu deinem Junggesellenabschied!" Mehrere andere Männerstimmen gaben johlende Laute von sich.

Noch immer ein wenig geblendet, stotterte der völlig überrumpelte Ehetranspirant: „Ihr seid ja alle verrückt!" Dabei warf er Xaver Marschmann einen schiefen Seitenblick zu. „Du hast das alles gewusst und mich an der Nase herumgeführt!"

Der so Gescholtene grinste nur. „Es sollte ja eine Überraschung sein. Und hätten wir dir vorher Bescheid gesagt, wärst du geflüchtet." Er schloss die Zimmertür. Die anwesenden Stammtischbrüder hatten sich im ganzen Zimmer, auf dem Bett und auf Sesseln verteilt. Ron Schneider kam aus der

Tiefe des Raumes mit einem Tablett in der Hand, auf dem in mehreren Sektflöten goldgelber Champagner perlte.

„Leute, jetzt langt mal zu. Champagner muss man trinken, solange er kalt ist!"

Während sie anstießen, wobei jeder irgendeinen mehr oder weniger unsinnigen Spruch von sich gab, ertönte plötzlich aus mehreren Lautsprechern rhythmische orientalische Musik, gleichzeitig dimmte irgendjemand das Licht.

„Was ist jetzt schon wieder los ...?", wollte Ritter etwas verdattert wissen, brachte aber den Satz nicht mehr zu Ende, da sich die Tür zum Badezimmer öffnete und eine mit Schleiern aus durchsichtigem Tüll bekleidete Dame mit schlangengleichen Tanzschritten die Bühne betrat. Dabei wirbelte sie lose Schleier im Rhythmus der Musik um ihren Körper herum. Horst Ritter klappte der Unterkiefer herunter. Schlagartig trat ihm der Schweiß auf die Stirn. Fürsorglich schob ihm einer der Stammtischbrüder einen Stuhl von hinten unter das Gesäß, so dass er sich mitten im Zimmer niedersetzen musste.

Die Tänzerin, deren untere Gesichtshälfte durch einen perlenbesetzten Schleier verborgen war, trug auf der Stirn ein Diadem, welches ihre schwarzen Haare fasste und im schwachen Lichtschein in den unterschiedlichsten Farbschattierungen glitzerte. Um die Fesseln ihrer nackten Füße trug sie Bänder, die mit kleinen Glöckchen besetzt waren, welche im Takt ihrer Tanzschritte klingelten. Fasziniert verfolgte Horst Ritter ihre Bewegungen, während sie immer wieder mit seitlich ausgestreckten Armen um ihre Achse wirbelte und dabei ihren ersten Schleier von sich warf, der sanft auf Ritter niederschwebte. Plötzlich änderte sie ihre Schrittfolgen und begann, zur Musik ihre Oberschenkel und ihr Becken in vibrierende Bewegungen zu versetzen. Unaufhaltsam kam sie Ritter immer näher. Dabei löste sie den zweiten Schleier mit grazilen Bewegungen von ihrem Oberkörper. Der Schoppenfetzer war von dem Tanz so gefesselt, dass er seine Umgebung völlig vergaß. Mit lasziven Bewegungen umrundete sie Ritter körpernah, wobei sie ihm den zweiten Schleier über den Kopf warf. Nachdem sie den dritten Schleier, der um ihre Hüften gebunden war, gelöst hatte, konnte man den roten strassbesetzten BH erkennen, von dem mehrere Perlenschnüre über den Nabel hinweg zum tiefsitzenden Gürtel des langen, weit schwingenden gleichfarbigen Chiffonkleides führten. Die Musik wurde immer schneller und schriller. Zum einpeitschenden Trommelschlag der Darabukka und dem schrillen Saitenspiel der Ud gipfelte der Tanz in einem wilden Stakkato ihrer Füße und einem schnellen grazilen Wirbel ihrer Arme, die den schlangengleich sich windenden und drehenden Körper umkreisten.

Plötzlich, von einer Sekunde auf die andere, brach die Musik ab und die Tänzerin verharrte in einer ausdrucksstarken Pose. Sekundenlang blieb sie in dieser Haltung stehen, bis ein begeisterter Beifall der anwesenden Herren ihre Darbietung belohnte. Etwas zögerlich stimmte Dr. Ritter mit ein. Sie verbeugte sich elegant, griff schnell nach ihren Schleiern und verschwand im Bad.

Horst Ritter saß wie festgeschweißt auf seinem Stuhl und starrte gebannt auf den Platz, auf dem gerade eben noch die Tänzerin gestanden hatte.

Erich Rottmann trat näher und berührte den Freund an der Schulter.

„Horst, jetzt komm mal wieder zu dir! Die Show ist vorüber."

„Wenn das meine Heidi erfährt", hauchte Ritter leise.

Ron Schneider lachte. „Deine zukünftige Angetraute ist doch bei ihrer Schwester in Güntersleben, wie wir ermittelt haben. Außerdem können wir bezeugen, dass du ausgesprochen brav warst." Er zwinkerte Ritter zu, dann fuhr er fort: „Jetzt lass uns erst mal den Champagner austrinken, dann geht's weiter! Mein Cousin ist hier im Hause der Chef und hat uns dieses Zimmer nur begrenzte Zeit zur Verfügung gestellt. Spätestens in einer Stunde müssen wir wieder raus sein."

Ritter erhob sich und nahm das Glas entgegen, das Schneider ihm reichte.

„Was geht jetzt weiter?", wollte er wissen, wobei er einen gewissen besorgten Unterton nicht vermeiden konnte.

„Du wirst doch nicht glauben, dass du mit ein bisschen Bauchtanz aus der Sache herauskommst", erklärte Erich Rottmann. „Anschließend geht es auf die Alte Mainbrücke! Der Brückenschoppen wartet!"

Die Stammtischbrüder prosteten einander zu, wobei der Bann langsam von Horst Ritter abfiel. Sie hatten tatsächlich richtig recherchiert, seine Zukünftige war für ein paar Tage nach Güntersleben gefahren, um mit ihrer Schwester einige organisatorische Punkte für das Fest nach der Trauung abzusprechen. Da war es wirklich kein Problem, wenn er heute etwas über die Stränge schlug.

Durch die Ablenkung bekam Ritter nicht mit, dass die Tänzerin das Bad in unauffälliger Straßenkleidung verließ und Xaver Marschmann ihr beim Hinausgehen einen Briefumschlag zusteckte. Der gesamte Stammtisch hatte zusammengelegt, um ihrem Stammtischbruder diesen Spaß zu ermöglichen. Wobei der Spaß durchaus auch auf Seiten der Spender lag.

Wenig später klopfte es an der Tür und ein Ober schob auf einem Servierwagen mehrere abgedeckte Tabletts herein, deren Inhalt sich als ausgesprochen leckere Kanapees entpuppte.

Eine wohlschmeckende Grundlage für die noch geplanten alkoholischen Unternehmungen der Schoppenfetzer.

Nach der Stärkung machten sie sich auf den Weg zur Alten Mainbrücke. Einige Passanten schüttelten verwundert den Kopf über die ausgelassene Meute älterer Herren, die sich für ihren Reifegrad ziemlich kindisch aufführten, indem sie sich immer wieder gegenseitig abklatschten, über irgendwelche Witze lautstark lachten und anderen Fußgängern scherzhafte Bemerkungen zuriefen. Wenig später hatten sie ihr Ziel erreicht. Während die Gruppe beim heiligen Kilian wartete, stellte sich Ron Schneider in die Schlange am Ausschank, um die erforderliche Anzahl Silvanerschoppen zu organisieren. Sehr schnell sprach sich in ihrer Nähe der Anlass ihres ausgelassenen Zusammenseins herum mit der Folge, dass auch andere Weingenießer dem bedauernswerten Eheanwärter Trost und Zuspruch gewähren wollten, indem sie den einen oder anderen Schoppen spendierten.

Während Rottmann sich mit seinen Stammtischbrüdern unterhielt, scannten seine Kriminalistenaugen unwillkürlich die Gesichter der versammelten Weingenießer. Eine Angewohnheit, die er sich im Laufe eines langen Polizistenlebens angeeignet hatte und die zu seiner zweiten Natur geworden war. Plötzlich kniff er die Augen zusammen und fixierte ein junges Pärchen, das sich gerade am Ausschank der Mainmühle zwei Gläser Silvaner gekauft hatte und nun innig umschlungen über das Kopfsteinpflaster der Brücke in Richtung Brückenbäck davonschlenderte. Rottmann war sich sicher, dass es sich bei dem Mädchen um Yvonne Kröger handelte, die Enkelin seiner Nachbarin. Er überlegte kurz, dann war er sich aber im Klaren, dass hier und jetzt eine Aktion von ihm nicht angezeigt war. Er nahm sich aber vor, Frau Kröger morgen zu informieren, dass Yvonne offenbar noch in der Stadt und gesund und munter war. Sicher konnte er der alten Dame so ein wenig die Sorge nehmen. Wenig später waren das Mädchen und der Junge in der Menschenmenge verschwunden.

22. August, 23.48 Uhr:

Selbst Erich Rottmann, der als diplomierter Schoppenfetzer über ausgezeichnete Leberqualitäten verfügte, kam irgendwann im hintersten Winkel seines Gehirns zu der Einsicht, hinsichtlich seines augenblicklichen Alkoholkonsums etwas auf die Bremse treten zu müssen. Gerade als dieser Gedanke einen gewissen Reifegrad erreicht hatte, der ihn auch zu Taten animierte, glaubte Rottmann von irgendwoher einen Hilferuf zu hören. Es dauerte etwas, bis seine Ohren diesen Alarmruf aus dem enormen Geräuschpegel um ihn herum herausfilterten. Er gab dem neben ihm stehenden Ron Schneider, der gerade lautstark, wort- und gestenreich einen Schwank aus seinem früheren Berufsleben als Rechtsanwalt zum Besten gab, einen Schubs mit seinem Ellbogen.

„Hey, Ron, sei doch bitte mal still! Ihr auch! Habt ihr es nicht auch gehört, da ruft doch jemand um Hilfe!“

Erich Rottmann musste die Aufforderung noch einmal lauter wiederholen, ehe seine Stammtischbrüder aufmerksam wurden. Schließlich schwiegen sie dann doch und versuchten sich zu konzentrieren. Nach einem Moment des Lauschens meldete sich Xaver Marschmann zu Wort: „Also Erich, ich weiß nicht, was du da gehört hast, ich höre auf jeden Fall nichts.“

In diesem Moment drang es klar und deutlich an ihre Ohren: „Hilfe! Um Gottes willen!“

„Verflixt, da muss etwas passiert sein!“, stellte Erich Rottmann fest. Der ehemalige Kriminalbeamte in ihm erwachte. Rottmann schob Ron Schneider zur Seite und eilte über die Brücke in Richtung des Hilferufs. Innerlich fluchte er, weil der genossene Alkohol nicht gerade einen geradlinigen Gang begünstigte. Die Schoppenbrüder waren zunächst etwas verwirrt, weil sie den plötzlichen Aktionismus Rottmanns nicht ganz nachvollziehen konnten, folgten ihm dann aber etwas schwerfällig. Zum Glück musste Rottmann nur eine kurze Strecke zurücklegen. Nach wenigen Metern entdeckte er eine männliche Gestalt, die in der Nähe der Figur der *Patrona Franconiae* stand und sichtlich verzweifelt wirkte.

„Was ist los?“, fragte er. „Können wir Ihnen helfen? Benötigen Sie einen Arzt?“

Der Mann deutete stotternd zum Brückengeländer. „Dort…, dort unten im Wasser!“

Rottmann zog die Augenbrauen in die Höhe, dann trat er an das Steingeländer und warf einen Blick in die Tiefe. Was er da sah, schockierte ihn zutiefst.

„Ach du meine Güte!“, stieß er hervor, dann griff er hastig zum Mobiltelefon und wählte den Polizeinotruf 110.

23. August, 0.08 Uhr:

Erster Kriminalhauptkommissar Florian Deichler war mittlerweile seit mehr als einem Jahr Chef der Mordkommission Würzburg. Dank Rottmanns massivem Einschreiten hatte sich sein arroganter Vorgänger an das Landeskriminalamt in München verabschiedet. In Deichlers Windschatten folgte sein neu ernannter Stellvertreter, Kriminaloberkommissar Werner Rosenbacher, ein aus Oberfranken nach Würzburg versetzter sportlicher, drahtiger Mann, der mit einem ausgeprägten Humor ausgestattet war. Als er von der vakanten Stelle in Würzburg erfuhr, bewarb er sich sofort. Schließlich hatte bei Insidern Unterfranken den Ruf, die Elite der Kriminalbeamten zu beschäftigen. Beide Beamten waren in dieser Nacht zum Kriminaldauerdienst eingeteilt.

Schon aus einiger Entfernung konnte Deichler trotz des diffusen Lichtes die markante Gestalt von Erich Rottmann erkennen. Er stutzte einen Moment, so dass Rosenbacher fast auf ihn aufgelaufen wäre, dann näherte sich Deichler der Gruppe. Er nickte kurz in die Runde und stellte sich vor. Rottmann schenkte er vorerst keine besondere Beachtung. Einer der beiden von Rottmann herbeigerufenen Streifenbeamten erstattete in knappen Sätzen Bericht.

„… Die Herrschaften hier haben die beiden Abgestürzten entdeckt. Ich habe sie noch hierbehalten, weil ich dachte, dass Sie alle persönlich sprechen wollen."

„Vielen Dank", erklärte Deichler. „Zunächst will ich mir aber mal den Fundort ansehen." Zu seinem Vertreter gewandt sagte er: „Werner, kannst du dich bitte mal um die Aufnahme der Adressen der Zeugen kümmern?"

Rosenbacher nickte und zückte sein Notizbuch.

Der Streifenbeamte trat einige Schritte vor und wies mit der Hand zum Brückengeländer. „Sie liegen unten im Wasser auf dem Streichwehr."

Auf sein Zeichen hin teilte sich die Gruppe der wartenden Männer, so dass Deichler hindurchtreten konnte. Er blieb vor Erich Rottmann stehen.

„Grüß dich, Erich, es wundert mich, dich hier zu sehen. Was hast denn du mit der Sache hier zu schaffen?"

„Servus Florian", gab Rottmann zurück. „Unser Stammtisch hat hier auf der Brücke gefeiert. Wir hörten diesen Mann um Hilfe rufen, deshalb sind wir hierhergeeilt." Er wies auf Benno Hörnlein, der bedrückt etwas abseits stand. „Dann habe ich die zwei Körper unten im Wasser gesehen und sofort die Einsatzzentrale verständigt. Wie es aussieht, sind sie über die Brüstung gestürzt."

Mittlerweile näherten sich die beiden dem Platz, von dem aus man die Szene gut überblicken konnte. Deichler betrachtete mit ernster Miene die leblosen Körper in der Tiefe, dann musterte er die beiden Weingläser, die noch immer an ihrem Platz auf dem Steingeländer standen, und wies mit dem Finger darauf.

„Die stammen von den beiden?"

Hörnlein trat einen Schritt näher. „Sie standen von Anfang an da."

Deichler nickte.

„Erich, weißt du, ob die jemand angefasst hat?"

Rottmann schüttelte den Kopf. „Ich glaube nicht."

Deichler bat seinen Stellvertreter die beiden Schoppengläser samt Inhalt einzutüten.

„Man weiß ja nicht, ob sie irgendwelche Substanzen enthalten, die zu dem Unglück geführt haben."

An der östlichen Uferpromenade näherten sich zuckende Blaulichter und Sirenengeheul schallte übers Wasser.

„Als die Steife sah, dass jemand in den Main gestürzt ist, hat der Streifenführer sofort die Feuerwehr verständigt", erläuterte Deichler. Er drehte den Kopf und musterte seinen ehemaligen Chef von der Seite. Rottmann schien sehr bewegt.

„Was ist los, Erich? Willst du mir was sagen?"

Erich Rottmann rieb sich das Gesicht. „Ich bin richtig fertig", erklärte er. „Noch vorhin habe ich das Mädchen mit ihrem Freund über die Brücke gehen sehen. An dem roten

T-Shirt ist sie leicht zu erkennen. Die beiden haben sich einen Schoppen gekauft und sind dann über die Brücke gelaufen. Sie waren ziemlich verliebt, wie mir schien. Ich kenne das Mädchen. Sie heißt Yvonne Kröger und ist die Enkelin meiner Nachbarin ein Stockwerk unter mir."

„Das ist natürlich schlimm", gab Deichler zurück. „Weißt du auch, wer ihr Begleiter ist?"

Rottmann schüttelte den Kopf. „Keine Ahnung. Yvonne lebt seit einigen Tagen nicht mehr bei ihrer Großmutter. Nachdem sie kürzlich volljährig wurde, ist sie abgehauen. Frau Kröger hatte keine Ahnung, wo sich ihre Enkelin zwischenzeitlich aufhielt. Das wird die alte Frau schwer treffen, wenn sie erfährt, was Yvonne zugestoßen ist."

Inzwischen konnte man am Ufer erkennen, dass die Feuerwehr ein Schlauchboot zu Wasser ließ. Wenig später röhrte der leistungsstarke Außenborder auf und die Schiffsschrauben zogen eine hell schäumende Spur durch den dunklen Fluss. Deichler entfernte sich vom Geländer.

„Erich, ich muss jetzt da runter. Es wird nicht mehr lange dauern, bis die beiden Leichen geborgen sind. Wahrscheinlich ist die Rechtsmedizin auch schon da."

Rottmann nickte. Das Prozedere war ihm vertraut. Deichler winkte, dann informierte er kurz Rosenbacher und marschierte eilig davon. Erich Rottmann würde natürlich den Tatort nicht verlassen, ohne nicht persönlich einen Blick auf die beiden Toten geworfen zu haben.

Er wandte sich wieder seinen Stammtischbrüdern zu, die ihm neugierige Fragen stellten. Der Exkommissar zeigte sich aber ziemlich zugeknöpft. Die tragischen Ereignisse des Abends hatten ihm gründlich die Laune verdorben. Er verabschiedete sich von seinen Schoppenfreunden und wandte sich in Richtung des Brückenabgangs, über den er hinunter zum Mainufer gelangen konnte. Die Feuerwehr war gerade dabei, die beiden Toten ans Ufer zu bringen.

23. August, 0.44 Uhr:

Als Rottmann das rechtsmainische Ufer erreichte, war es mit sogenannten Leuchtgiraffen, ausfahrbaren Scheinwerfern, taghell ausgeleuchtet. Er schlängelte sich durch die Einsatzfahrzeuge, die die Straße völlig versperrten. Jeglicher Straßenverkehr war weiträumig umgeleitet worden. Ein junger Streifenbeamter näherte sich Rottmann mit achtunggebietender Geste.

„Halt, bleiben Sie stehen! Sie können hier nicht durchgehen! Haben Sie die Absperrung nicht gesehen? Das ist ein Polizeieinsatz, Zivilisten haben hier nichts zu suchen! Also los, Abmarsch!"

Nachdem Erich Rottmann keine Anstalten machte, der Anweisung Folge zu leisten, und stattdessen forsch weitermarschierte, wurde der Polizist handgreiflich. Er drückte seine Handfläche hart gegen Rottmanns Brust und rief mit erhobener Stimme: „Auf der Stelle zurück oder ich muss unmittelbaren Zwang anwenden!" Dabei verzog er das Gesicht, weil er Rottmanns Fahne roch, die immer noch sehr deutlich vor dem Exkommissar herflatterte.

In völlig nüchternem Zustand hätte Rottmann wahrscheinlich etwas toleranter reagiert. Aber in seiner jetzigen Verfassung war er der Meinung, dass der junge Beamte, indem er ihn anfasste, eine rote Linie überschritt. Rottmann blieb breitbeinig stehen, schob Kopf und Schultern nach vorne und funkelte den Polizisten mit gerunzelter Stirn an.

„Mein lieber Freund", knurrte er mit deutlich erhobener Stimme, „nehmen Sie gefälligst Ihre Hände von mir ...!"

„... sonst was?“, gab der Polizist mit noch größerer Lautstärke zurück und baute sich vor ihm auf. Es war klar, die Situation stand kurz vor der Eskalation.

Zum Glück stand Florian Deichler in der Nähe hinter einem der Feuerwehrfahrzeuge und bekam den Wortwechsel mit. Er kannte seinen ehemaligen Chef zur Genüge und wusste, der unterfränkische Dickkopf würde nicht nachgeben, schon gar nicht, wenn er einige Schoppen getrunken hatte. Deichler eilte zu den beiden Kontrahenten. Noch im Gehen rief er dem Polizeibeamten zu: „Kollege Rückert, lassen Sie es gut sein! Der Herr ist mir bekannt. Er kann passieren.“

Der junge Streifenbeamte nahm überrascht die Hand von Rottmanns Brust, trat einen Schritt zurück und musterte ihn erstaunt. Er konnte sich beim besten Willen nicht erklären, was dieser ältere Mann, der roch, als wäre er in Wein eingelegt, mit der vorliegenden Kriminalermittlung zu tun haben sollte.

„Na, geht doch“, brummelte Rottmann und strafte den jungen Beamten mit Nichtbeachtung. Der zog sich wieder an die Absperrung zurück. In seinem Job musste man nicht alles verstehen.

„Erich, was willst du denn hier?“, fragte Deichler mit gesenkter Stimme. „Der Kollege hatte natürlich völlig recht, dich zurückzuhalten. Das ist dir doch klar!“

„Hmm, ja, schon ...“, gab er grummelnd zurück, „... ich mag es halt nicht, wenn mich so ein Grünschnabel anfasst.“

„Gut, Erich, jetzt geh nach Hause und lass uns unsere Arbeit machen. Du kannst uns hier sicher nicht helfen.“

„Ja, gleich“, erwiderte Rottmann, „ich will nur mal einen Blick auf die beiden Toten werfen. Wie ich sehe, ist der Rechtsmediziner schon da.“ Über Deichlers Schulter hinweg hatte er das Fahrzeug des diensthabenden Rechtsmediziners ausgemacht.

Deichler seufzte vernehmlich.

„O. k., aber halte dich bitte im Hintergrund."

Jetzt forderte das näherkommende röhrende Motorengeräusch des Außenborders ihre Aufmerksamkeit. Kurz darauf legte das Schlauchboot der städtischen Berufsfeuerwehr mit den beiden Leichen an Bord an der Ufermauer an. Die Beamten der Spurensicherung hatten auf dem Kai eine breite Plastikfolie ausgelegt, auf die die in Taucheranzüge gekleideten Feuerwehrleute nacheinander die beiden durchnässten Toten niederlegten. Sogleich bildeten sich auf Höhe der Köpfe mit Blut vermischte Wasserlachen. Die Feuerwehrmänner hatten ihre Aufgabe erfüllt und verluden ein Stück flussaufwärts das Schlauchboot wieder auf einen Transporthänger. Einer der Männer blieb jedoch auf Bitten Deichlers in der Nähe stehen. Er sollte zur Auffindesituation Erläuterungen abgeben. Deichler, mit Rottmann im Schlepptau, näherte sich anschließend den beiden Toten. Der Rechtsmediziner streifte sich gerade Gummihandschuhe über, dann beugte er sich zuerst über das Mädchen. Deichler warf Rottmann vorsorglich nochmals einen mahnenden Blick zu, worauf dieser einige Schritte zur Seite machte. Trotzdem konnte er von seinem Standplatz aus das Geschehen einigermaßen verfolgen.

Während der Rechtsmediziner Kopf und Nacken des Mädchens untersuchte, stellte er fest: „Mit Sicherheit kann ich jetzt schon sagen, dass hier ein Genickbruch vorliegt. Außerdem ist die Frau mit dem Hinterkopf auf die Steine des Wehrs aufgeschlagen. Die Folge war vermutlich ein Schädelbruch. Beide Verletzungen für sich waren sicher tödlich. Vermutlich wird sie am übrigen Körper auch noch massive Blessuren davongetragen haben. Das werde ich aber erst nach der Obduktion genauer beurteilen können."

Er erhob sich und wandte sich nun dem toten jungen Mann zu, der neben dem Mädchen auf dem Rücken lag.

„Wie war die Auffindesituation?“, fragte er den wartenden Feuerwehrmann.

„Das Mädchen lag auf dem Rücken, der junge Mann auf ihr, ihr zugewandt. Wobei sich ihre Köpfe auf gleicher Höhe nebeneinander befanden. Ich hatte den Eindruck, als hätten sie sich beim Sturz umklammert. Wir haben im Auftrag der Spurensicherungsleute einige Fotoaufnahmen gemacht, die ich Ihnen umgehend per Mail zuschicken werde.“

Deichler bedankte sich bei dem Mann, der sich daraufhin entfernte.

„Diese Schilderung erklärt die Art der Verletzungen der beiden“, stellte der Rechtsmediziner nachdenklich fest. „Wie es aussieht, sind die beiden gleichzeitig, sich umklammernd, von der Brücke gefallen. Aber das zu klären, ist Sache der Kripo.“ Er wandte den Blick, weil sich ein schwarzer Kleinbus mit blinden Scheiben näherte. Das Bestattungsinstitut, das die beiden Toten in die Rechtsmedizin transportieren sollte, war eingetroffen.

Bevor die Männer mit den Zinkwannen ihre traurige Fracht verladen konnten, beugte sich Werner Rosenbacher über die Toten und durchsuchte ihre Kleidung nach irgendwelchen Ausweispapieren. Jede Leiche trug ein Smartphone bei sich. Die Geräte waren nass und womöglich nicht mehr funktionstüchtig. Bei beiden fand er in den Gesäßtaschen ihrer Jeans Geldbeutel. Bevor er sie in einen Beweismittelbeutel eintütete, zog er jeweils den Personalausweis heraus. Er übergab die Ausweise Deichler, der sie eingehend studierte. Rottmann stellte sich etwas auf die Zehenspitzen und sah ihm dabei über die Schulter.

„Wie ich sagte, sie heißt Yvonne Kröger“, stellte der ehemalige Leiter der Mordkommission fest. „Diesen Philipp Tröster kenne ich allerdings nicht."

„Das werden wir alles herausfinden", erwiderte Deichler und gab die beiden Personalausweise an seinen Kollegen zurück. Zu Rottmanns Ärger, ehe er die Adresse des jungen Mannes entziffern konnte. Rosenbacher verwahrte die Ausweise in einer Beweismitteltüte.

Eine Viertelstunde später war das Flussufer geräumt und die meisten Einsatzfahrzeuge abgefahren. Werner Rosenbacher sah seinen Chef fragend an.

„Fahren wir?"

Deichler winkte dankend ab. „Ich gehe die paar Schritte zum Büro zu Fuß. Wir haben ja noch eine lange Nacht vor uns, bis wir den ganzen Schreibkram erledigt haben."

Rosenbacher nickte, setzte sich in das zivile Polizeifahrzeug und fuhr davon.

„Wie bist du mit Rosenbacher zufrieden?", wollte Rottmann wissen, während er die glutroten Rücklichter um die nächste Kurve entschwinden sah.

„Guter Mann", gab Deichler zurück. „Er denkt mit, ist kameradschaftlich und macht seine Arbeit. Ich hätte es schlechter treffen können." Die beiden marschierten eine Strecke schweigend nebeneinanderher in Richtung Polizeidirektion. Plötzlich blieb Erich Rottmann stehen und wandte sich seinem ehemaligen Kollegen zu.

„Florian, wenn du damit einverstanden bist, würde *ich* gerne der Großmutter des toten Mädchens die traurige Nachricht überbringen. Wir sind Nachbarn und haben ein gewisses Vertrauensverhältnis zueinander. Die alte Frau ist schwer herzkrank und es besteht die große Gefahr, dass sie den Tod ihrer Enkelin nicht verkraftet. Ich würde vorher ihren Hausarzt verständigen, damit er gleich eingreifen kann, falls das nötig wird."

Deichler nickte. „Vielen Dank, Erich, das überlasse ich dir gerne. Du weißt ja noch von früher, dass die Überbringung von Todesnachrichten mit das Härteste ist, was unser Beruf mit sich bringt."

Erich Rottmann nickte. Wenig später trennten sie sich. Deichler betrat das Polizeigebäude, Rottmann marschierte in Richtung Rosengasse weiter. Während des gesamten Heimwegs grübelte er darüber nach, wie er der herzkranken Frau Kröger den Tod ihrer Enkelin beibringen sollte.

23. August, 1.04 Uhr:

Obwohl es sehr spät war, läutete er an Elviras Wohnung. Ihn plagte ein wenig das schlechte Gewissen, weil er Elvira so spät noch belästigen musste. Aber über Nacht wollte er Öchsle nicht bei ihr lassen. Die Umstände, die zu seiner späten Heimkehr geführt hatten, waren ja nicht absehbar gewesen.

Sofort nach dem Klingeln surrte der Türöffner und Rottmann machte sich an den Aufstieg ins oberste Stockwerk, wo Elvira Stark eine geräumige Eigentumswohnung besaß. Rottmann hatte das Stockwerk noch nicht erreicht, als ihm mit leisem Winseln ein schwarzer Schatten entgegengerannt kam. Öchsle war vor Freude außer Rand und Band. Immerhin war er einen guten halben Tag – also eine empfundene Ewigkeit – von seinem Herrchen getrennt gewesen. Die letzten Stufen wurden zu einem Hindernislauf, weil ihm der Rüde ständig zwischen die Beine geriet.

„Na, das wird aber auch Zeit!", kam Elviras Stimme von oben. Sie stand unter ihrer Wohnungstür und betrachtete lachend und kopfschüttelnd die stürmische Begrüßungsszene. „Seit zwei Stunden sitzt er jetzt hinter der Tür und ist nicht wegzulocken."

Endlich war Rottmann am Ziel angekommen und folgte Elvira in die Wohnung. Öchsle wich keinen Zentimeter von seinen Fersen.

„Erich, setz dich doch", bot Elvira ihm Platz an. „Kann ich dir noch einen Schoppen einschenken?" Verwundert zog sie die Augenbrauen in die Höhe, als Rottmann den Kopf schüttelte.

„Elvira, vielen Dank, aber ich möchte nichts." Er ließ sich in die Couch plumpsen. Sofort drängte sich Öchsle an ihn und forderte Streicheleinheiten.

„Ist dir nicht gut?", wollte sie besorgt wissen.

„Wenn ich ehrlich bin, fühle ich mich ziemlich fertig." Er schüttelte den Kopf. „Nicht vom Alkohol. Nach dem, was ich heute erleben musste, bin ich wieder völlig nüchtern."

Elvira Stark wusste, dass sie jetzt besser schwieg. So wie sie Rottmann kannte, würde er ihr ganz von alleine erzählen, was ihn bedrückte. So kam es dann auch. Als er mit seiner Schilderung fertig war, schloss er: „Ich muss Frau Kröger morgen früh sagen, was ihrer Enkelin zugestoßen ist. Du kannst dir sicher vorstellen, was das für die alte, kranke Dame bedeutet. Es ist ja erst wenige Tage her, dass sie aus dem Krankenhaus entlassen wurde. Der Schock könnte für sie lebensgefährlich sein." Rottmann rieb sich über das Gesicht. „Zum Glück habe ich die Telefonnummer ihres Hausarztes, weil ich ihr schon des Öfteren Rezepte aus der Apotheke geholt habe. Der Arzt muss auf jeden Fall in Bereitschaft stehen. Außerdem würde ich auch dich bitten, mich dabei zu begleiten. Alleine schaff ich das nicht."

Elvira Stark war total betroffen. Sie kannte Frau Kröger als Nachbarin aus dem Nebenhaus. Sie wusste von ihrer Herzerkrankung und hatte auch durch die eine oder andere Bemerkung von ihren Problemen mit ihrer Enkelin erfahren.

„Selbstverständlich werde ich dich unterstützen", erklärte sie entschieden.

Elvira und Erich verabredeten, am nächsten Morgen zu telefonieren, um sich für den Besuch bei der alten Dame abzusprechen. Langsam erhob sich Rottmann. Er bedankte sich bei Elvira für die Betreuung von Öchsle, dann verabschiedete er sich. Öchsle stand schon vor seinem Menschen schwanzwedelnd an der Wohnungstür und sah ihn auffordernd an. Offenbar hatte er ein wenig die Befürchtung, sein Herrchen könnte ihn vergessen. Auf der Straße atmete Rottmann kurz durch. Er legte den Kopf in den Nacken und betrachtete den schmalen Ausschnitt des nächtlichen Himmels, den er zwischen den Häusern einsehen konnte. Das Funkeln der Sterne hatte etwas Beruhigendes. Er rief Öchsle zu sich, der schon zu ihrem Haus vorgelaufen war, dann schlenderte er langsam durch die mäßig beleuchtete Rosengasse hinunter in Richtung Main. Öchsle musste, nachdem er den Tag weitgehend in Elviras Wohnung zugebracht hatte, noch ein Stück Gassi gehen, um sich etwas Bewegung zu verschaffen, und Rottmann selbst war auch viel zu aufgewühlt, um sofort schlafen gehen zu können.

23. August, 8.45 Uhr:

Erich Rottmann stellte gerade sein benutztes Frühstücksgeschirr in das Spülbecken, als das Telefon läutete. Er nahm den Hörer von der Ladeschale und sah aufs Display. Eine unbekannte Nummer. Rottmann zögerte kurz, dann nahm er das Gespräch an.

„Ja bitte!", meldete er sich.

„Spreche ich mit Herrn Erich Rottmann?", fragte der Anrufer.

„Wer will das wissen?", entgegnete Rottmann etwas forsch.

„Entschuldigung, mein Name ist Jo-Berta Enterich, ich bin der Wirt der Mainmühle an der Alten Mainbrücke. Ich habe Ihre Telefonnummer von Bürgermeister Andy Farmer. Er sagte mir, er würde Sie ganz gut kennen."

„Aha", erwiderte Rottmann knapp. „Weswegen rufen Sie mich an?"

„Tja, das ist ein wenig schwierig zu erklären und ich möchte das ungern am Telefon erörtern. Wäre es möglich, dass wir uns heute noch in meinem Lokal treffen? Wie ich hörte, kommen Sie fast täglich am Vierröhrenbrunnen vorbei. Da ist es ja nicht weit bis zur Mainmühle."

Er spürte, dass Erich Rottmann zögerte.

„Wenn es nicht wirklich von Bedeutung wäre, würde ich Sie mit Sicherheit nicht belästigen. Glauben Sie mir."

Rottmann traf eine Entscheidung. Wenn Andy Farmer seine Nummer weitergab, musste das einen triftigen Grund haben.

„Gut, ich komme so gegen 10 Uhr vorbei."

Enterich bedankte sich. Seiner Stimme war deutliche Erleichterung anzuhören. Rottmann wählte anschließend sofort eine eingespeicherte Nummer. Vorher hatte er noch einen schweren Gang vor sich.

23. August, 8.52 Uhr:

Wenige Minuten später stellte er das Telefon in die Ladeschale zurück. Das Gespräch mit Frau Kröger hatte er bewusst kurzgehalten. Sie war natürlich mit seinem Besuch einverstanden. Kurz nach Praxisöffnung hatte Rottmann mit Dr. Stein ein Telefonat geführt, in dem er dem Arzt schilderte, welche Nachricht er seiner Patientin an diesem Morgen überbringen musste. Dr. Stein war sofort damit einverstanden gewesen, für alle Fälle in Rottmanns Wohnung zu warten, bis der Exkommissar Frau Kröger vom Tod ihrer Enkelin unterrichtet hatte. Pünktlich um 9.00 Uhr traf er bei Rottmann ein, kurz vorher kam Elvira. Rottmann ließ die Wohnungstür einen Spalt breit auf, damit der Arzt per Zuruf über das Treppenhaus verständigt werden konnte. Öchsle nahmen sie mit. Frau Kröger hatte den Rüden in ihr Herz geschlossen. In dieser schweren Stunde war jede Hilfe vonnöten. Auf Rottmanns Läuten machte die alte Dame auf. Öchsle näherte sich ihr schwanzwedelnd und bettelte um ein paar Streicheleinheiten, die ihm Frau Kröger gerne zukommen ließ. Etwas erstaunt registrierte sie Elvira Stark, da sie nur Erich Rottmann erwartet hatte, äußerte sich aber hierzu nicht.

„Herr Rottmann, Frau Stark, kommen Sie doch herein." Sie bat ihre beiden Besucher ins Wohnzimmer und bot ihnen Platz an. Nachdem sie sich rund um den Tisch gesetzt hatten, kam sie sofort zur Sache. „Herr Rottmann, Sie haben am Telefon gesagt, dass sie mich dringend sprechen müssten. Das klang irgendwie mysteriös, um nicht zu sagen etwas beängstigend." Ihre Augen ruhten besorgt auf den beiden.

Rottmann atmete einmal tief durch. „Frau Kröger, wie geht es denn Ihrem Herzen. Sind Sie nach dem Krankenhausaufenthalt wieder etwas stabiler?" Natürlich hatte er schon längst auf dem Tisch das ihm bekannte Herzmedikament stehen sehen.

Die alte Dame ruckte sich auf ihrem Stuhl zurecht, dann richtete sie sich mit durchgestrecktem Rücken auf, so als müsste sie sich innerlich wappnen.

„Herr Rottmann, sie *beide* sind doch nicht so früh hierhergekommen, um sich nach meinem Gesundheitszustand zu erkundigen. Bitte, spannen Sie mich nicht auf die Folter. Was ist passiert?"

„Sie haben natürlich recht", erwiderte er mit gesenktem Blick, dann sah er ihr offen in die Augen. „Liebe Frau Kröger, ich habe die schwere Aufgabe, Ihnen eine sehr traurige Nachricht zu überbringen."

Ihre Augen weiteten sich und ihre Hand legte sich unwillkürlich auf ihr Herz.

„Gestern ist auf der Alten Mainbrücke ein tödlicher Unfall passiert. Eines der Opfer war ... Yvonne, Ihre Enkelin ... Es tut mir wirklich schrecklich leid." Er verstummte.

Die alte Frau saß auf ihrem Platz wie versteinert. Sie starrte Erich Rottmann an, als hätte sie ihn nicht verstanden. Elvira erhob sich und setzte sich auf den Stuhl neben sie. Sachte legte sie ihren Arm tröstend um ihre Schulter. Noch immer kam von der Frau keine Regung. Schließlich öffneten sich ihre blassen Lippen.

„Yvonne ... ist ... tot?" Es war nur ein Flüstern.

Erich Rottmann nickte schwer. „Ja, leider. Ich war zur Zeit des Unfalls vor Ort und konnte sie identifizieren. Es gibt bedauerlicherweise keinen Zweifel."

„Wie ist das passiert?"

Rottmann wollte schon den wahren Sachverhalt in einer abgemilderten Form widergeben, als die alte Dame ohne ein weiteres Wort in sich zusammensackte. Elvira Stark konnte gerade noch verhindern, dass sie haltlos zu Boden stürzte.

„Schnell, den Arzt!", rief sie, während sie die bewusstlose Frau sanft zu Boden gleiten ließ. Rottmann sprang zur Wohnungstür.

„Dr. Stein! Kommen Sie schnell!", rief er durch das Treppenhaus. Eine Sekunde später hörte er Schritte auf der Treppe und der Arzt hastete ins Zimmer. Mit einem Blick hatte er die Situation erkannt.

„Rufen Sie den Notarzt!", forderte er Rottmann auf, währenddessen schob er Frau Krögers Pullover in die Höhe und hörte ihr Herz ab. „Herzstillstand!", erklärte er kurz und knapp. „Können Sie Herzmassage?“, fragte er Elvira. Sie nickte, kniete sich neben den Oberkörper der alten Dame und begann mit den Handgriffen, die sie in einem Erste-Hilfe-Kurs gelernt hatte. Währenddessen griff sich Dr. Stein aus seiner Arzttasche eine Fertigspritze.

„Machen Sie weiter so!“, forderte er Elvira auf, während er am Schlüsselbein seiner Patientin die *Vena subclavia* suchte, um ihr Adrenalin zu injizieren. Einen Augenblick später gebot er Elvira mit einer Handbewegung Einhalt. Aufmerksam lauschte er in sein Stethoskop. Schließlich nickte er zufrieden.

„Sie können aufhören, wir haben wieder einen Herzschlag.“

„Gott sei Dank!“, gab sie erleichtert zurück und erhob sich langsam aus ihrer knienden Position.

„Wird sie durchkommen?“, fragte Rottmann. Er fühlte sich richtig elend, weil er sich in gewisser Weise die Schuld an dem Zustand der alten Frau gab.

Dr. Stein zuckte mit den Schultern. „Frau Kröger ist wirklich sehr krank. Da kann man leider keine realistische Prognose abgeben.“

Minuten später trafen der Notarzt und die Mannschaft eines Rettungswagens ein. Dr. Stein informierte seinen Kollegen kurz über den Gesundheitszustand seiner Patientin und über die Sofortmaßnahmen, die er ergriffen hatte, dann verließ er mit einem Kopfnicken die Wohnung. Die weitere Betreuung würde der Notarzt übernehmen. Die Rettungsassistenten legten Frau Kröger auf eine Trage und eilten mit ihr davon. Auf Rottmanns Frage hin ließ ihn der Notarzt wissen, dass Frau Kröger ins Juliusspital transportiert würde.

Nachdem alle gegangen waren, standen Elvira Stark und Erich Rottmann etwas verloren in der Wohnung herum. Öchsle wartete mit fragendem Blick an der Wohnungstür.

„Das macht mich ganz schön fertig!“, erklärte Rottmann.

„Ich wüsste aber wirklich nicht, wie ich ihr diese traurige Nachricht hätte ersparen oder anders mitteilen können."

Elvira legte ihm tröstend die Hand auf den Arm. „Erich, du hast alles richtiggemacht. Die alte Frau ist halt so schwer krank, dass so eine Botschaft für sie in jedem Fall lebensgefährlich ist. Egal, wer ihr das mitteilt und wie man ihr das sagt."

Trotzdem blieb Rottmann ziemlich geknickt.

„Was machen wir jetzt?", wollte er wissen. „Frau Kröger hat doch niemand mehr, der sich um sie kümmert."

Elvira sah sich um. „Sicher wäre Frau Kröger damit einverstanden, wenn ich ihr einige Sachen zusammensuche und ins Krankenhaus bringe."

Erich Rottmann nickte. Es war für beide kein schönes Gefühl, in den persönlichen Bereich von Frau Kröger einzudringen, was aber erforderlich war, damit Elvira eine kleine Tasche mit Wäsche und Toilettenartikeln zusammenpacken konnte. Sie wollte sie gleich zu Frau Kröger ins Krankenhaus bringen. Wenig später zogen die beiden die Wohnungstür von außen zu und Rottmann schloss ab. Irgendwie wurde er das Gefühl nicht los, dass dieser Handlung etwas Endgültiges anhaftete. Er behielt diesen Gedanken aber für sich.

23. August, 10.11 Uhr:

Kaum überschritt Rottmann die Schwelle der Mainmühle, als sich vom Tresen ein Mann löste, der mit ausgestreckter Hand auf ihn zukam. Rottmann hatte den Wirt der Mainmühle schon bei gelegentlichen Besuchen des Lokals gesehen und wusste daher, wen er vor sich hatte. Er warf Öchsle kurz einen prüfenden Blick zu, der aber interessierte sich nur für eine Hundedame, die gerade draußen vor dem Lokal vorbeigeführt wurde.

„Herr Rottmann, nehme ich an“, begrüßte er den Exkriminaler mit ausgestreckter Hand. „Enterich, ich bin der Besitzer der Mainmühle. Wir haben telefoniert. Schön, dass Sie etwas Zeit erübrigen konnten.“ Sie schüttelten sich die Hand. Mit einer einladenden Armbewegung bat Enterich Rottmann ins Lokal und wies zu einem Tisch.

„Gut“, ergriff Rottmann gleich die Initiative, während er sich niederließ, „es wäre mir recht, wenn Sie gleich zur Sache kommen könnten. So viel Zeit habe ich nicht.“

Öchsle ließ sich unterdessen zu seinen Füßen nieder.

„Darf ich Ihnen ein Glas Wein oder ein anderes Getränk anbieten?“, wollte Enterich wissen.

Rottmann lehnte dankend ab. Ihm stand jetzt nicht der Sinn nach einem Schoppen. „Sagen Sie mir einfach, wo der Schuh drückt.“

Enterich nickte. In komprimierter, sachlicher Form schilderte er die Ereignisse um den Erpressungsversuch. „Diese Kerle waren eindeutig Schlägertypen, die es nur auf Krawall abgesehen hatten und mich einschüchtern sollten. Am nächsten Tag tauchte dann ein gewisser Höllerich bei mir auf. Er gab sich als Anwalt aus und wollte mir Schutz vor derartigen Randalierern anbieten. Selbstverständlich gegen Zahlung einer Geldsumme.“

Rottmann hörte dem Wirt geduldig zu. Schließlich kam Enterich auf den Punkt.

„Ich habe mich mit meinen Kollegen hier auf der Brücke ausgetauscht und die haben mir davon berichtet, dass sie auch schon Kontakt mit diesem windigen Anwalt hatten. Daraufhin haben wir uns geeinigt, die Angelegenheit nicht öffentlich zu machen. Vielmehr bin ich beauftragt, mich nach einem fähigen Privatermittler umzusehen, der die Hintermänner der Randalierer ermitteln soll. Wir haben den Verdacht, dass hinter diesen Aktionen Gegner des Brückenschoppens stecken, die den Menschen den Besuch der Brücke vermiesen wollen. Das können wir aber leider nicht beweisen. Und da kommen Sie ins Spiel. Bürgermeister Farmer hat mir erzählt, dass Sie schon mehrfach in der Stadt Straftaten aufgedeckt haben."

Rottmann kommentierte diese Bemerkung nicht. „Warum gehen Sie mit dem Problem eigentlich nicht zur Polizei?"

„Darüber haben wir unter den Kollegen auch gesprochen", gab Enterich zurück, „aber wir wollten die Angelegenheit ohne den Staatsanwalt aus der Welt schaffen. Zu viel negative Publicity schadet dem Geschäft."

Rottmann zögerte einen Moment, dann erklärte er: „Ihr Vertrauen ehrt mich zwar, aber ich bitte um Verständnis, dass ich da erst mal eine Nacht drüber schlafen muss." Er erhob sich. „Geben Sie mir Ihre Karte, ich rufe Sie morgen zurück." Er verharrte kurz, dann wollte er wissen: „Dieser Rechtsanwalt Höllerich, haben Sie von dem irgendwelche Kontaktdaten? Und diese Schläger, können Sie die irgendwie beschreiben?"

Enterich stand auf. „Warten Sie, der Anwalt hat mir seine Karte dagelassen, aber ich habe sie in meiner Wut weggeworfen." Er ging zu einem Abfalleimer in der Ecke. Wenig später kam er mit einer zusammengeknüllten Visitenkarte zurück und übergab sie Rottmann. „Was die Randalierer betrifft, sie waren kahlköpfig, trugen schwarze Lederjacken und waren unterschiedlich tätowiert. Aber beide trugen auf dem linken Unterarm das Tattoo eines angreifenden Skorpions."

„Aha", stellte Rottmann fest und gab dem Gastronomen zum Abschied die Hand. „Wie gesagt, Sie hören von mir."

Enterich war über die Unverbindlichkeit Rottmanns zwar nicht glücklich, merkte aber, dass er im Augenblick nicht mehr erreichen konnte. Er bedankte sich und Rottmann verließ mit Öchsle im Gefolge die Mainmühle. Während des gesamten

Weges zum Stammtisch ging ihm das Problem nicht mehr aus dem Kopf. Er konnte sich nicht erklären warum, aber irgendwie wurde er das unbestimmte Gefühl nicht los, dass hier ein Zusammenhang zu dem ungeklärten Brückensturz des jungen Paares bestand. Soweit er am Landungsort am Mainufer gesehen hatte, war die Leiche von Philipp Tröster auch kahlköpfig gewesen und trug eine schwarze Lederjacke. Aber das war heutzutage durchaus ein gängiges Erscheinungsbild junger Menschen.

23. August, 10.51 Uhr:

Kurz vor elf Uhr ließ sich Rottmann endlich auf seinem gewohnten Platz auf der Bank des Stammtisches niederplumpsen. Öchsle beeilte sich ebenfalls, direkt unter seinem Menschen seinen angestammten Platz einzunehmen. Bekanntermaßen war hier die geeignete Basis, an ein Stück des geliebten Leberkäses zu kommen, den sein Mensch um diese Zeit gewöhnlich zu verspeisen pflegte. Obwohl Rottmann die bedrückenden Ereignisse des frühen Vormittags noch immer auf der Seele lagen, reduzierten sie nicht seinen Appetit. Man musste grundsätzlich feststellen, dass es nur wenige Einflüsse gab, die geeignet waren, Rottmanns Appetit auf sein Grundnahrungsmittel Leberkäse zu beeinträchtigen. Schließlich musste man sich seine Kräfte erhalten.

„Du bist heute spät dran", stellte Ron Schneider fest. Wobei es ihm natürlich nicht um diese triviale Feststellung ging, vielmehr handelte es sich um die verkappte Aufforderung, ihnen zu berichten, was am gestrigen Abend noch geschehen war, nachdem er und die anderen Stammtischbrüder die Brücke verlassen hatten und Rottmann zurückgeblieben war. Auch die anderen Schoppenfreunde am runden Tisch beugten sich neugierig vor. Rottmann sah ihre fragenden Gesichter, dann kaute er erst einmal und schluckte den Bissen hinunter. Danach nahm er einen ausgiebigen Schluck Silvaner. Schließlich zuckte er mit den Schultern.

„Es gibt keine Neuigkeiten zu verkünden", brummelte er. „Das Mädchen und der junge Bursche sind tot. Soweit ich weiß, gibt es noch keine Erkenntnisse, ob es sich um einen Unfall handelt oder eine Straftat vorliegt." Nach diesem für seine Verhältnisse ausführlichen Statement schnitt er ein Stück Leberkäse ab und reichte es unter die Bank, von wo ein zufriedenes Schmatzen davon kündete, dass es seinen vierbeinigen Empfänger erreicht hatte.

Horst Ritter, dessen gestriger Junggesellenabschied ein so tragisches Ende genommen hatte, saß etwas blass an seinem Platz und nuckelte an einem Weinschorle herum. Die Tatsache, dass er sich ungewöhnlich ruhig verhielt und nur gelegentlich zur Unterhaltung der Schoppenbrüder beitrug, zeugte davon, dass er sich noch in einer Art Rekonvaleszenz befand. Am Ende raffte er sich doch zu einer Anmerkung auf: „Erich, du hast doch jede Menge Beziehungen, du kannst doch problemlos herausfinden, was da gestern passiert ist. Es hat mich schon sehr betroffen gemacht, dass ausgerechnet während meiner Feier zwei Menschen zu Tode gekommen sind."

Xaver Marschmann nickte beipflichtend. „Es ist schon sehr merkwürdig, dass zwei junge Leute so einfach mir nichts, dir nichts über das Brückengeländer in den Tod stürzen."

„Du hast doch gesagt, du würdest das Mädchen kennen." Ron Schneider setzte mit dem Instinkt des erfahrenen Strafverteidigers den Hebel an der richtigen Stelle an. Diesen sensiblen Bereich wollte Rottmann eigentlich nicht öffentlich machen. Gerade dachte er über eine ausweichende Antwort nach, als er in der Tasche seiner Cordhose das Vibrieren seines

Handys spürte. Normalerweise ging Rottmann während des Stammtisches nicht ans Telefon. Für ihn gab es nur wenig, das wichtiger war als die Runde der Schoppenbrüder. Heute allerdings berührte ihn ein merkwürdiges Gefühl, das ihn veranlasste diese Regel zu durchbrechen. Er zog das Mobiltelefon aus der Tasche und sah auf das Display. Es war ein Anruf von Elvira! Sofort war der Exkommissar äußerst beunruhigt. Elvira wusste, dass ihm die Stunden am Stammtisch heilig waren. Niemals würde sie ihn stören, wenn es nicht dringend war. Rottmann wischte über das aufleuchtende Telefonsymbol und nahm das Gespräch an. Ehe sie noch etwas sagen konnte, erklärte er: „Elvira, einen Augenblick bitte, ich will erst vor die Tür."

Er gab seinen Stammtischbrüdern ein Zeichen, dass er aufstehen wollte. „Es ist dringend!", erklärte er halblaut in die Runde, während er sich von der Bank erhob und nach vorne drängte. Mit Öchsle im Gefolge trat er hinaus auf die Gasse.

„Jetzt kann ich sprechen", meldete er sich wieder. „Was ist los?"

Elvira suchte nach Worten. „Erich, ich habe doch Frau Kröger einige Sachen ins Krankenhaus gebracht …"

„Jetzt komm bitte auf den Punkt, was ist los?"

„Es tut mir leid, Erich, aber Frau Kröger ist aus ihrer Bewusstlosigkeit nicht mehr aufgewacht. Kurz nach ihrer Einlieferung ist sie verstorben."

Erich Rottmann war für den Moment sprachlos. Ihm war klar, die alte Dame war schwer krank gewesen, aber ihr schneller Tod machte ihn sehr betroffen. Zumal er sich sofort Vorwürfe machte. Für ihn bestand kein Zweifel, dass es einen Zusammenhang mit der von ihm überbrachten Nachricht vom Tod der Enkelin und dem Ableben der alten Frau gab.

„Elvira, ich danke dir, dass du mich gleich verständigt hast", erklärte er nach einer kurzen Pause mit heiserer Stimme. Rottmann war wirklich geschockt.

„Wie wird es jetzt weitergehen?“, wollte Elvira leise wissen.

„Gott, Elvira, lass mich das erst mal verdauen! So aus dem Handgelenk kann ich dir das auch nicht sagen.“ Rottmann atmete einige Male tief durch, dann fuhr er fort: „Soweit ich weiß, hatte Frau Kröger keine Angehörigen außer ihrer Enkelin. Und die lebt ja auch nicht mehr, wie wir wissen. Die alte Dame hat mich bei ihrem letzten Krankenhausaufenthalt gebeten, ihren letzten Willen zu erfüllen. Wie sie mir anvertraute, hat sie in ihrer Wohnung einen entsprechenden Brief mit ihren Wünschen und Anordnungen hinterlegt. Ich habe ihr versprochen, ihren Wunsch zu erfüllen. Dieses Versprechen werde ich selbstverständlich halten.“

„Wenn du Hilfe und Unterstützung benötigst, lass es mich wissen. Du weißt, du kannst auf mich zählen.“ Das wusste er.

Erich Rottmann ging noch einmal zurück in die Weinstube, wo ihn seine Schoppenbrüder fragend ansahen. Seine ernste Miene zeigte ihnen, dass das Telefonat unangenehmer Natur gewesen war. Ohne sich noch einmal niederzulassen, erklärte Rottmann: „Freunde, es tut mir leid, aber ich muss jetzt gehen. Elvira hat mir gerade mitgeteilt, dass eine liebe Nachbarin aus unserem Haus verstorben ist. Sie war praktisch alleinstehend. Ich habe ihr einmal versprochen, mich im Falle ihres Todes um alles zu kümmern. Das werde ich jetzt einlösen.“

Selbstverständlich hatten die Stammtischbrüder Verständnis.

23. August, 11.42 Uhr:

Als Leiter der Mordkommission gehörte es zu Rottmanns Dienstpflichten, die Wohnungen von Mordopfern oder Selbstmördern nach Beweismitteln oder Abschiedsbriefen zu durchsuchen. In solchen Fällen half nur der Schutzmantel der Professionalität, der das unangenehme Gefühl, in die Privatsphäre eines Menschen einzudringen, nicht zuließ. Als er den Schlüssel ins Schloss der Wohnung von Frau Kröger schob, fühlte er sich ausgesprochen beklommen. Obwohl sie nicht mehr lebte, hatte er ganz stark die Empfindung, hier ein Störenfried zu sein. Jede Wohnung trug die individuelle Atmosphäre der Menschen, die darin lebten, in sich. Auch die Räume der alten Dame hatten ihre persönliche Note. Jetzt schien es ihm, als könne er ihren Geist noch immer spüren. Rottmann gab sich einen Ruck und betrat die Küche. Nachdem er die zweite Tür des Küchenschranks geöffnet hatte, fand er, versteckt hinter dem aufgestapelten Geschirr, den von Frau Kröger beschriebenen Briefumschlag. Er war zugeklebt. Rottmann setzte sich an den mit einem geblümten Wachstuch bedeckten Küchentisch. Öchsle legte sich zu seinen Füßen nieder. Rottmann registrierte eine halbgefüllte Tasse mit Tee, den Frau Kröger offenbar nicht mehr trinken konnte. Auf dem DIN-A5-Umschlag stand vorne in einer sehr korrekten, eindeutig weiblichen Handschrift „Herrn Erich Rottmann – persönlich –". Der Exkommissar zog sein Taschenmesser aus der Hosentasche, klappte die Klinge auf und öffnete das Kuvert. Vorsichtig zog er zwei linierte Blätter heraus, die einseitig mit derselben Handschrift beschriftet waren wie der Umschlag. Rottmann begann zu lesen.

„Lieber Herr Rottmann,

wenn Sie diese Zeilen lesen, werde ich nicht mehr leben. Das ist nicht schlimm, weil ich ein langes, in weiten Teilen zufriedenstellendes Leben hatte. Einzig die Tatsache, dass ich mich mit meiner Tochter vor ihrem Unfalltod nicht mehr versöhnen konnte, hat mir am Ende meines Lebens noch einmal eine tiefe Wunde zugefügt, die wohl nie verheilen wird. Gleichzeitig wurde mir dadurch das Schicksal meines Enkelkindes Yvonne in die Hände gelegt. Ich nahm dies als Chance, ein wenig Wiedergutmachung zu leisten. Leider habe ich auch dabei völlig versagt. Das Mädchen ist mir immer mehr entglitten und ich weiß nicht, was aus ihr werden soll, wenn ich nicht mehr bin. Es gab Anzeichen dafür, dass sie in schlechte Gesellschaft gekommen war. Ein Umstand, der mir allergrößte Sorgen macht! Sehr gerne würde ich ihr das Schicksal ersparen, vor dem ich meine Tochter nicht schützen konnte.

Lieber Herr Rottmann, zunächst möchte ich mich bei Ihnen ganz herzlich bedanken, dass Sie mir in den letzten Jahren in so vielen Lebenslagen hilfreich zur Seite gestanden haben. Das ist für einen Nachbarn nicht selbstverständlich! Seien Sie mir bitte nicht böse, wenn ich eine letzte Bitte ausspreche. Sie sind als ehemaliger Polizeibeamter sicher in der Lage, einen Blick auf meine Enkelin zu haben, damit sie nicht abstürzt. In meinem Schlafzimmerschrank zwischen der Bettwäsche habe ich etwas erspartes Geld versteckt. Außerdem liegt unter meiner Matratze ein Sparbuch. Das Geld dürfte für meine Beisetzung reichen und sicher bleibt auch noch etwas übrig, damit Yvonne ein wenig Startkapital hat.

Herzlichen Dank für Ihre Hilfe und Ihr Verständnis.
Leben Sie wohl!

Ihre Dorothea Kröger“

Erich Rottmann las den Brief Zeile für Zeile zum zweiten Mal. Für ihn stand fest, soweit dies noch möglich war, würde er den letzten Wunsch seiner ehemaligen Nachbarin erfüllen.

Aus dem Inhalt ging hervor, dass sie diese Zeilen offenbar geschrieben hatte, als ihre Enkelin noch bei ihr lebte. Nach dem Geld brauchte er gar nicht mehr zu sehen, da es ja, wie er wusste, mittlerweile von Yvonne entwendet und wahrscheinlich verbraucht worden war. Der Exkommissar dachte einen Augenblick nach, dann traf er eine Entscheidung. Zunächst einmal würde er aus eigener Tasche dafür sorgen, dass die alte Dame würdig bestattet wurde. Das würde ihn sicher nicht in die Armut treiben. Aufgrund seiner frühern Tätigkeit als Leiter der Mordkommission verfügte er noch immer über lose Kontakte zu einem Bestattungsunternehmer, der ihn sicher bei seinem Vorhaben unterstützen würde. Außerdem nahm er sich vor, den Tod Yvonnes aufzuklären. Der Sturz von der Brücke war ihm sowieso suspekt vorgekommen. Die ganzen Umstände, insbesondere die Auffindesituation, verlangten seiner Meinung nach einen genaueren Blick auf den Fall. Niemand fiel so einfach über das Brückengeländer! Erich Rottmann stand entschlossen auf und steckte Frau Krögers Abschiedsbrief in seine Joppentasche. Seine nächsten Schritte waren vorgegeben: Bestattungsinstitut und anschließend ein Telefonat mit Gottfried Meyer, dem Obduktionsassistenten des Instituts für Rechtsmedizin. Letzterer würde ihm mit Sicherheit sagen können, woran Yvonne und ihr Freund tatsächlich gestorben waren. Rottmann warf einen letzten Blick in die Wohnung, dann verließ er sie mit Öchsle im Gefolge und schloss ab.

23. August, 13.46 Uhr:

Florian Deichler stand an einem mit einer Plastikfolie geschützten Tisch im Keller seiner Dienststelle. Die Tischplatte war durch die Anordnung der Beweismittel in zwei Hälften eingeteilt. Auf der linken Seite lagen die persönlichen Gegenstände von Yvonne Kröger. Bei den meisten Sachen handelte es sich um ihre Kleidungsstücke, die man ausgebreitet hatte, damit sie trocknen konnten. Einige Gegenstände waren zum Schutz in Beweismitteltüten eingeschlossen.

Auf der benachbarten Tischhälfte konnte er die Kleidungsstücke von Philipp Tröster besichtigen, ebenfalls noch vom Mainwasser durchtränkt.

Werner Rosenbacher, Deichlers Vertreter, studierte durch das transparente Material der Beweismitteltüte hindurch den Personalausweis von Philipp Tröster.

„Vierundzwanzig", stellte er fest. „Viel zu jung, um zu sterben. Hatte noch das ganze Leben vor sich."

„Stimmt schon", pflichtete Deichler ihm bei, „aber für sein junges Leben hatte er schon ein ganz ordentliches Vorstrafenregister: Diebstahl, Körperverletzung und versuchter Raub. Alles noch als Jugendlicher, so dass er nach dem Jugendstrafrecht verurteilt wurde. Als Erwachsener hat er sich bisher noch nichts zu Schulden kommen lassen ..."

„... oder sich nicht erwischen lassen", ergänzte Rosenbacher.

Deichler zuckte mit den Schultern, dann wechselte er das Thema: „Haben wir schon Nachricht von der Rechtsmedizin, wann die Obduktionen durchgeführt werden?"

„Meinst du, die Leichenöffnungen werden eine Überraschung bringen? Wie es aussieht, war das doch ein Unfall."

„Ich habe bei der Sache irgendwie ein ungutes Gefühl. Auch der Staatsanwalt meint, dass wir Klarheit haben sollten. Vielleicht hat der junge Bursche das Mädchen aus unerfindlichen Gründen hinunterwerfen wollen. Dabei hat sie sich an ihm festgeklammert und er ist mit in die Tiefe gestürzt."

„Du vermutest eine Beziehungstat?"

„Das ist auf jeden Fall nicht auszuschließen." Deichler griff sich eine Tüte von Yvonnes Sachen und betrachtete den Inhalt genauer.

„Wer trägt denn ein Sparbuch mit sich herum?", wunderte er sich, öffnete die Tüte und schlug es auf. „Es lautet auf Dorothea Kröger. Gehörte also offensichtlich nicht dem Mädchen. Das Guthaben beträgt fünftausenddreihundert Euro."

Deichler erinnerte sich an Erich Rottmanns Worte von heute Nacht. „Könnte der Großmutter der Toten gehören. Erhebt sich die Frage, ob es sich zu Recht im Besitz des Mädchens befand. Da habe ich, ehrlich gesagt, meine Zweifel." Er nahm sich vor, deshalb einmal mit Rottmann zu telefonieren.

Es klopfte an die Tür. Deichlers Sekretärin streckte den Kopf zur Tür herein.

„Die Rechtsmedizin hat angerufen. In zwei Stunden werden die beiden Toten aus dem Main obduziert. Falls jemand dabei sein möchte …"

Deichler warf einen Blick auf seine Armbanduhr. „Ich denke, ich werde mir das mal ansehen. Vielleicht gibt es Spuren, die auf eine Gewalteinwirkung von außen hinweisen. Dann würde die Sache ganz anders aussehen."

23. August, 15.51 Uhr:

Gottfried Meyer, der in einen weißen Kittel gekleidete Obduktionsassistent, schob eine Rollbahre vom Kühlraum in den Sektionssaal. Ein Schwall eiskalter Luft ergoss sich in den Saal und wirbelte die formalingeschwängerte Luft durcheinander. Unter einem weißen Abdecktuch zeichneten sich die Konturen einer menschlichen Gestalt ab. Er schob die Bahre neben den Obduktionstisch, dann zog er das Tuch von der Leiche und legte es zur Seite. Es handelte sich um den

Körper von Yvonne Kröger. Ihre Kleidung hatte man bereits bei der Einlieferung entfernt und sie der Spurensicherung der Kripo ausgehändigt. Meyer ging auf die andere Seite des Obduktionstisches, griff über den Tisch und über die Tote hinüber, und zog sie langsam auf den Tisch. Er bemühte sich dabei, möglichst sanft vorzugehen. Nachdem er sie richtig positioniert hatte, bedeckte er sie wieder mit dem Tuch. Es waren noch ein paar Vorbereitungen zu treffen, ehe mit der Leichenöffnung begonnen werden konnte. In diesem Augenblick öffnete sich die Schwingtür und Dr. Caress, der Leiter der Gerichtsmedizin, betrat den Raum. Er betrachtete kurz die Gestalt auf dem Edelstahltisch.

„Sie haben sie bereits geröntgt?"

Meyer nickte. „Ich hänge die Bilder gleich auf." Er holte drei Röntgenbilder vom Schädel, vom Thorax und vom Becken der Toten aus einem Umschlag und klemmte sie der Reihe nach an die beiden Leuchtkästen, dann schaltete er das Licht ein. Dr. Caress, der mittlerweile in weiße Gummistiefel geschlüpft war und sich gerade eine lange Gummischürze umband, stellte sich davor und studierte die Bilder genau. In diesem Augenblick öffnete sich die Tür und Florian Deichler betrat den Saal. Er grüßte knapp, dann gab er Dr. Caress die Hand. Meyer, der bereits Gummihandschuhe trug, winkte ihm nur kurz zu.

„Sie wollen sich beide Fälle also selbst ansehen", stellte der Obduzent fest.

„Ja. Der Fall ist irgendwie merkwürdig. Ich kann mir einfach nicht vorstellen, dass zwei junge Leute so einfach über diese stabile Brückenbrüstung fallen. Es könnte natürlich sein, dass sie stark alkoholisiert waren und es sich tatsächlich um einen Unfall handelt. Aber ich habe da meine Zweifel."

Dr. Caress nickte. „Wir werden selbstverständlich den Blutalkoholwert bestimmen und auch nach anderen Drogen oder

Toxinen forschen." Er warf seinem Assistenten einen fragenden Blick zu, der nickte.

„Gut, dann wollen wir mal."

Caress trat an die Seite des Tisches und bediente mit dem Fuß eine Taste, mit der er das Tonbandgerät, dessen Mikrofon über dem Tisch hing, startete.

„Obduktions-Aktenzeichen wie Akten."

Meyer richtete währenddessen noch einmal die beiden OP-Scheinwerfer aus, dann begann Caress die Obduktion mit der äußeren Besichtigung der Leiche.

„Auf dem Seziertisch liegt die unbekleidete Leiche einer neunzehnjährigen Frau in gutem Ernährungszustand. Gewicht 57 kg, Größe ca. 1,70 Meter, schwärzliche Leichenflecken in den tieferliegenden Körperregionen vorhanden, Leichenstarre ist bereits gelöst. Offene Kopfverletzung im Hinterhauptbereich, darunterliegende Schädelknochen beweglich …"

Deichler, der dieses Prozedere schon häufig erlebt hatte, hörte nur mit halbem Ohr hin. Eine Obduktion erfolgte nach bestimmten vorgegebenen Standards.

„Herr Deichler, schauen Sie sich das mal an", forderte Caress plötzlich die Aufmerksamkeit des Kommissars. Er wies mit dem Finger auf die Oberarme der Toten. Deichler stellte sich neben den Obduzenten und betrachtete die beiden blutunterlaufenen Male an beiden Oberarmen, jeweils auf Höhe des Bizeps.

„Sieht so aus, als wäre sie hier festgehalten worden", stellte Deichler fest.

„Wenn ich mir die Auffindesituation vor Augen halte, könnten das Hinweise darauf sein, dass der Junge sie zumindest beim Sturz, vermutlich instinktiv, an beiden Armen festgehalten hat."

„Es könnte aber auch sein, dass er sie gepackt hat, um sie gewaltsam in die Tiefe zu stürzen“, warf Deichler nachdenklich ein. „Zumindest kann man eine vorsätzliche Gewalttat nicht von vornherein ausschließen.“

„Das ist sicher richtig“, stimmte Caress zu. Er machte seinem Assistenten ein Zeichen und sie drehten die Leiche um. Wegen der dunklen Leichenflecke sich etwas schwächer abhebend, waren im oberen Rückenbereich offene Wunden erkennbar. „Hier ist sie auf die Steine aufgeschlagen. Ganz bestimmt hat die Wirbelsäule auch etwas abbekommen. Das Röntgenbild ist da nicht ganz eindeutig, aber wir werden das sehen, wenn wir sie aufgemacht haben. Der Genickbruch und die Schädelverletzung dürften jede für sich bereits tödlich gewesen sein. Er wies mit dem Finger auf das Röntgenbild des Halses und des Kopfes, wo Deichler auch als Laie die deutlichen Verletzungen erkennen konnte.“

Sie drehten die Leiche wieder auf den Rücken.

Die Leichenöffnung nahm zügig ihren Fortgang. Die Untersuchung des Gehirns bestätigte die Röntgenaufnahmen und den darauf beruhenden Verdacht des Obduzenten. Es lag ein massives Schädel-Hirn-Trauma vor, das sofort zum Tod geführt hatte. Die ebenfalls gegebene Rückgratschädigung wäre wohl für sich alleine gesehen nicht tödlich gewesen, hätte aber mit hoher Sicherheit zu einer Querschnittlähmung geführt.

Dr. Caress beendete nach einer guten Stunde die Obduktion, indem er eine abschließende Zusammenfassung diktierte. Mit einem Tritt der Stiefelspitze schaltete er das Diktiergerät aus.

„Ich schlage vor, wir machen jetzt eine kleine Pause, dann nehmen wir uns gleich den jungen Mann vor.“ Er zog seine Gummihandschuhe aus und warf sie in eine Tonne. „Kommen

Sie mit in mein Büro. Meine Sekretärin macht uns sicher einen Kaffee."

Er löste die Schlaufe seiner Schürze und hängte sie an den Haken, dann zog er die Stiefel aus und schlüpfte in weiße Clogs.

„Meyer, rufen Sie uns bitte, wenn wir weitermachen können."

Der Sektionsassistent nickte.

Bei der äußeren Besichtigung von Philipp Tröster war es ebenfalls die massive Kopfverletzung im Stirnbereich, die der Obduzent als Todesursache vermutete.

„Verletzungen seines Thorax sind hier wohl deshalb nicht gegeben, weil der Mann auf das Mädchen stürzte und deren Körper die Wucht des Aufpralls abfederte."

Sein Blick glitt an dem Körper entlang und blieb schließlich oberhalb der Fußknöchel haften.

„Sehen Sie das?", fragte er Deichler und wies auf mehrere dunkle Male, die sich ringförmig oberhalb der Knöchel des Toten zeigten. „Wie an den Armen des Mädchens."

Der Leiter der Mordkommission besah sich die dunklen Marken genau. „Sieht so aus, als wäre er hier an beiden Füßen heftig angefasst worden."

Caress bestätigte: „So beurteile ich das auch. Das sind meines Erachtens Abdrücke von Händen. Wobei verstärkter Druck über die Finger ausgeübt wurde." Er demonstrierte das Gesagte, indem er mit der rechten Hand seinen linken Unterarm umschloss und zudrückte.

Deichler sah den Rechtsmediziner betroffen an. „Das heißt, dass bei dem Sturz wahrscheinlich von einer dritten Person nachgeholfen wurde. Es handelt sich also nicht um eine Gewalttat des jungen Mannes gegen seine Freundin, sondern um einen Angriff gegen beide. Wie es scheint, wurde der Junge von hinten angegriffen, an beiden Füßen gepackt und zusammen mit dem Mädchen über die Brüstung gestürzt." Er rieb sich über das Gesicht. „... dann haben wir es also mit einem Doppelmord zu tun!" Er holte tief Luft. „Das ist eine Überraschung! Wir müssen also einen völlig neuen Ermittlungsansatz zugrunde legen."

Der Rechtsmediziner zuckte mit den Schultern. „Die Körpermale lassen eigentlich keinen anderen Schluss zu."

Deichler musste diese Information erst einmal verarbeiten. Den Fortgang der Obduktion ersparte er sich. Er würde das alles in Kürze schwarz auf weiß auf seinem Schreibtisch haben. Nachdenklich verließ er das Institut für Rechtsmedizin. Draußen atmete er tief die reine Luft ein. Es würde ihm ein ewiges Rätsel bleiben, wie die Mitarbeiter dieser Einrichtung die Atmosphäre im Seziersaal Tag für Tag ertragen konnten.

23. August, 17.05 Uhr:

Elvira Stark betrat den linksmainisch an der Auffahrt zur Alten Mainbrücke gelegenen Brückenbäck. Sie war dort mit zwei Frauen verabredet, die sich ebenfalls entschlossen hatten, in reiferen Jahren den Führerschein nachzuholen. Wegen des schönen Wetters saßen viele Gäste des Lokals im Außenbereich. So konnten sie sich in eine etwas ruhigere Ecke des Gastraums zurückziehen, wo sie im Rahmen ihrer Lerngruppe Fragebögen der theoretischen Fahrprüfung durcharbeiten wollten. Um neunzehn Uhr war in der Fahrschule Theorieunterricht angesetzt, bei dem aus Effizienzgründen spätberufene Fahrschülerinnen und Fahrschüler zusammengefasst waren. Elvira hatte dieses Lokal ausgesucht, da sie ziemlich sicher war, Erich Rottmann hier nicht anzutreffen.

Trotz der bedrückenden Ereignisse um Frau Kröger wollte sie auf diese Übung nicht verzichten.

Jörgpaul Winterlich, der Wirt, arbeitete heute ebenfalls im Service, weil eine seiner Bedienungen mit einer Sommergrippe das Bett hütete. Beim Anblick der auf dem Tisch liegenden Fragebögen sah er als erfahrener Gastronom sofort, dass diese drei Damen nicht zu ihrem Vergnügen hier waren. Er versorgte sie mit den bestellten Getränken, dann ließ er sie in Ruhe.

Den Damen rauchten die Köpfe, so intensiv waren sie bei der Sache. Jede von ihnen hatte eine andere Motivation, bei der Prüfung auf keinen Fall durchfallen zu wollen.

Es war kurz nach achtzehn Uhr, da bemerkte Elvira beiläufig zwei Männer, die das Lokal betraten und sich nach einem kurzen Rundblick an den Nebentisch setzten. Elvira Stark warf ihnen einen verstohlenen Seitenblick zu. Sie war nicht gerade begeistert, dass sich die beiden so nahe bei ihnen niederließen. Im Lokal gab es reichlich Tische, die unbesetzt waren. Etwas Distanz wäre ihr lieber gewesen, da sie und ihre Mitstreiterinnen sich gerne halblaut gegenseitig abfragten, was nicht jeder unbedingt mitbekommen musste. Obwohl Elvira sehr konzentriert war, fiel ihr das Verhalten der neuen Gäste unangenehm auf. Sie lümmelten flegelhaft auf ihren Stühlen herum und musterten dabei intensiv die gesamte Umgebung. Es war kaum eine Minute vergangen, als der Ältere der beiden sichtlich gereizt „Hallo Wirtschaft!“ quer durchs Lokal rief. Jörgpaul Winterlich, der am anderen Ende des Raumes dabei war, einen Tisch abzukassieren, winkte kurz zurück. „Komme gleich!“

Damit gab sich der ungeduldige Gast aber nicht zufrieden.

„Was ist denn das für ein Saftladen!?“, krakeelte er mit erhobener Stimme weiter und klatschte mit der flachen Hand auf die Tischplatte.

„Die haben es wohl nicht nötig!", fiel sein Begleiter laut in die Tirade ein.

Elvira und die beiden anderen Frauen sahen irritiert von ihren Fragebögen auf. Das Gemeckere störte sie gewaltig!

„Könnten Sie Ihren Unmut bitte etwas diskreter äußern?", bat eine der Damen. „Sie sehen doch, dass der Wirt gerade abkassiert."

Die beiden Männer warfen der Frau einen Blick zu, als käme sie von einem anderen Stern, dann grinsten sie sich boshaft an. Offenbar hatten sie auf eine derartige Gelegenheit nur gewartet. Der ältere der beiden erhob sich langsam wie in Zeitlupe, dann trat er mit abgewinkelten Armen, als könne er vor Kraft nicht laufen, an den Tisch der drei Frauen.

„Hat eine von euch Omis vielleicht ein Problem?", fragte er grollend mit zusammengekniffenen Augen. Dabei musterte er beiläufig die auf dem Tisch liegenden Fragebögen. Er erkannte, um was es sich bei den Papieren handelte. Ein boshaftes Grinsen zog über sein Gesicht.

„Na, bereiten sich die Ladys auf den Idiotentest vor? Ihr habt das Verfallsdatum doch schon lange überschritten! Das bringt doch nichts mehr!"

Sein Kumpel lachte laut.

Am Tisch trat bleierne Stille ein. Man konnte sehen, wie es in den Köpfen der Frauen arbeitete. Schließlich ergriff Elvira Stark ganz ruhig und verhalten das Wort: „Junger Mann, mich würde ehrlich interessieren, ob Sie dort oben, in diesem Hohlkörper auf Ihrem Hals, Wasser oder Stroh haben. Ich tippe auf Stroh. Da auf Ihrem Kopf keine Haare wachsen, gehe ich davon aus, dass bei Ihnen hierfür die erforderliche Nährflüssigkeit fehlt. Ich sag's Ihnen jetzt in einfachen, verständlichen Worten, damit es sogar Sie verstehen: Hauen Sie ab und lassen Sie uns in Ruhe, bevor wir Omis ungemütlich werden!" Sie wandte ihre Aufmerksamkeit wieder dem vor ihr liegenden Fragebogen zu.

Es dauerte einen Moment, bis der Sinn von Elviras Worten in das Gehirn des Unruhestifters eingesickert war. Denn er stand total belämmert am Tisch und wusste nicht so recht, wie er reagieren sollte. Sein Kumpel blickte auch verständnislos in die Landschaft. Von ihren Mitmenschen Konter zu bekommen, gehörte offenbar nicht zu ihrem Erfahrungsschatz.

Plötzlich kam wieder Leben in den Älteren. Mit einem knurrenden Laut griff er sich den Fragebogen vor Elvira und zerriss ihn in mehrere Teile, die er über dem Tisch und den Frauen verteilte.

Die Reaktion der drei kam so schnell und unerwartet, dass er völlig überrascht wurde. Elvira sprang auf, schnappte sich ihre Kaffeetasse und schüttete dem Kerl das Heißgetränk mit Schwung ins Gesicht. Da sie den Kaffee erst kürzlich nachgeschenkt bekommen hatte, brannte er ziemlich heftig in den Augen des Angreifers und bremste seine Aggression erheblich. Er riss schützend die Arme hoch und wischte sich mit den Händen das Gesicht ab. Die zweite Frau am Tisch trat ihm zeitgleich heftig gegen das Schienbein und die dritte im Bunde schnappte sich einen neben dem Tisch an der Garderobe hängenden Zeitungshalter und drosch ihn dem Kerl über den Rücken.

„Machen Sie bloß, dass Sie verschwinden!“, schimpfte sie dabei lautstark.

Mittlerweile hatte der Wirt die ganze Aktion mitbekommen und kam herbeigeeilt.

„Was ist denn hier los?“, wollte er wissen. „Soll ich die Polizei verständigen?“ Da waren die beiden Typen aber schon auf dem Rückzug. Einander stützend, taumelten die gescheiterten Stänkerer in Richtung Ausgang. Auf dem Weg nach draußen warf einer in einem letzten Aufbäumen noch schnell einen Zuckerspender von einem der Tische auf den Boden.

„Machen Sie sich keine Sorgen“, erklärte Elvira, „wir haben die Sache schon bereinigt. Manchen Menschen muss man auch im fortgeschrittenen Alter noch gute Manieren beibringen.“

Die drei Frauen ließen sich wieder nieder. Elvira bat den Wirt um eine frische Tasse Kaffee. Der lud daraufhin alle drei Damen auf Kosten des Hauses ein. Wenig später stand der Gastronom wieder hinter seinem Tresen. Er war sehr nachdenklich. Für ihn gab es keinen Zweifel, diese Aktion ging auf das Konto der Bande. Wenn die drei beherzten Damen sich nicht so heftig gewehrt hätten, wäre der Besuch wahrscheinlich anders ausgegangen. Mit Widerstand hatten die Kerle sicher nicht gerechnet.

Jörgpaul Winterlich griff zum Telefon, um seinen Kollegen von dem Besuch zu berichten und sie zu warnen.

Auf dem Weg zur Fahrschule machte sich Elvira Stark so ihre Gedanken. Eigentlich hätte sie Erich Rottmann gerne von dem Vorfall erzählt, musste es sich aber verkneifen, weil er sie dann sicher gefragt hätte, was sie im Brückenbäck zu schaffen hatte. Sie war sicher, die beiden hatten das Lokal nur deshalb aufgesucht, um Streit vom Zaun zu brechen. Ihrer Meinung nach, gehörten die beiden zu irgendeiner Gang, denn als sie sich verteidigten, mussten die Typen ihre Deckung aufgeben und Elvira konnte auf ihren linken Unterarmen das Tattoo eines Skorpions erkennen.

24. August, 9.43 Uhr:

Am frühen Vormittag des nächsten Tages suchte Erich Rottmann das Bestattungsinstitut seiner Wahl auf und erledigte die Formalitäten für die Beerdigung seiner Nachbarin. Diese traurige Aufgabe nahm ihn dann doch ziemlich mit. Rottmann gab sich zwar immer robust, war aber ein typischer Unterfranke: raue Schale, weicher Kern. Daher war er froh, dass er anschließend den Stammtisch aufsuchen konnte. Es wirkte zwar widersprüchlich, aber der Exkommissar konnte nichts daran ändern. Immer wenn er sich aufregte, produzierte sein Verdauungsorgan reichlich Magensäure mit der Folge, dass er eine Heißhungerattacke erlitt; so auch heute. Er stillte sie beim Stammtisch mit der üblichen tellerüberlappenden Portion Leberkäse. Danach ging es ihm deutlich besser und er konnte seinen Silvaner genießen, der ebenfalls zur Ausgeglichenheit seines Gemüts beitrug. Selbstverständlich waren bei den Schoppenfreunden die Ereignisse auf der Alten Mainbrücke das Hauptthema. Kurz nach zwölf löste sich die Runde auf und Rottmann machte sich auf den Heimweg. Inmitten einer wohlduftenden Tabakwolke aus seiner Bruyère passierte er den Grafeneckart. Auf Höhe des Vierröhrenbrunnens blieb er plötzlich stehen und strich sich nachdenklich über den Vollbart. Öchsle, der einige Meter vorausgeeilt war, verharrte und sah sich verwundert um. So einen abrupten Tempowechsel in der Fortbewegungsdynamik seines Herrchens war er eigentlich nicht gewohnt.

24. August, 12.20 Uhr:

Der Rüde seufzte leise, als Rottmann statt des gewohnten Weges in Richtung Rosengasse die Richtung hinauf auf die Alte Mainbrücke einschlug. Dem Rüden schwante Übles: Mit dem gewohnten Mittagsschläfchen würde es heute wohl so schnell nichts werden. Auf der Brücke wimmelte es wieder einmal von Menschen. Die unschönen Ereignisse der jüngsten Vergangenheit schien die Freude der Menschen am Genuss des

Brückenschoppens nicht zu beeinträchtigen. Öchsle hielt sich dicht an Rottmann, da dieser aufgrund seiner stattlichen Figur die Menge teilte wie einst Moses das Rote Meer. Wodurch verhindert wurde, dass die Pfoten seines vierbeinigen Begleiters unter irgendwelche Schuhsohlen gerieten. Am Straßenausschank der Alten Mainmühle stand eine lange Schlange, an der sich Rottmann allerdings zielstrebig vorbeidrängelte. Vereinzelt unmutige Kommentare überhörte er geflissentlich.

„Ist Herr Enterich im Haus?", fragte er die Bedienung am Ausschank.

„Soweit ich mitbekommen habe, ist der Chef gerade rüber zum Brückenbäck gegangen", entgegnete sie. Erneut bahnte sich Rottmann einen Weg durch die Menschen auf der Brücke. Vereinzelt kamen ihm Radfahrer entgegen, die aber sichtlich genervt ihre Zweiräder neben sich herschoben. Das Biotop für diese Gattung war hier um diese Tageszeit ausgesprochen lebensfeindlich.

Jo-Berta Enterich stand mit einer Frau und zwei Männern vor dem Brückenbäck zusammen. Alle vier waren so ins Gespräch vertieft, dass der Mainmühlenwirt den Exkommissar erst bemerkte, als dieser ihm auf den Oberarm klopfte.

„Ah, Herr Rottmann, schön, Sie zu sehen", freute er sich, dann drehte er sich um und stellte ihm Gladiola Römer-Eichstrich, Jörgpaul Winterlich und Eustachius Sesam vor. „Ich hoffe, Sie haben gute Nachrichten für uns!" Erwartungsvoll sahen die vier Wirte Rottmann an.

„Also, ich habe mir Ihr Anliegen durch den Kopf gehen lassen", erklärte Rottmann kurz und bündig, „ich werde mich mal umhören. Vielleicht kann ich herausfinden, wer hinter diesen Schlägern steckt." Er wartete die Reaktion der vier Betroffenen nicht ab. „Sie hören wieder von mir. Sollte es wieder zu einem Vorfall kommen, sagen Sie mir Bescheid." Er griff in seine Joppentasche und holte einen etwas zerknitterten Zettel heraus, den er Enterich in die Hand drückte. „Hier meine Telefonnummer." Er grüßte, dann machte er sich auf den Rückweg. Enterich bedankte sich und legte das Papier neben sich auf einen Bistrotisch.

Gladiola Römer-Eichstrich sah dem Gespann hinterher, dabei zog sie ein zweifelndes Gesicht.

„... und du bist sicher, dieser harmlose Typ mit seinem Schoßhund kann etwas gegen diese Kerle ausrichten? Er sieht mir eher wie ein gemütlicher Opa aus, der seinen Lebensabend beim Spazierengehen genießt. Ich habe mir da schon einen etwas dynamischeren Menschen vorgestellt, der im Ernstfall auch mal ordentlich zulangen kann."

Eustachius Sesam legte ihr beschwichtigend die Hand auf den Arm. „Liebe Gladiola, lass dich von seinem biederen Gehabe nicht täuschen. Ich habe mich ebenfalls umgehört: Der Mann ist der ehemalige Leiter der Würzburger Mordkommission und hat in seiner aktiven Zeit eine sehr hohe Aufklärungsquote gehabt. In Polizeikreisen nannte man ihn den *Terrier*! Ich denke, das spricht für sich."

Jo-Berta Enterich hob die Hände. „Dem habe ich nichts hinzuzufügen."

Mit dem Versprechen, sich gegenseitig über eventuelle Vorfälle sofort zu informieren, gingen sie wieder auseinander. Als Enterich schon ein Stück vom Brückenbäck entfernt war, rief ihm eine Bedienung hinterher. „Entschuldigung, Sie haben diesen Zettel verloren!" Sie hielt Rottmanns Notizzettel in die Höhe. „Muss der Wind auf den Boden geweht haben."

Enterich bedankte sich bei der Frau und steckte das Papier in die Hosentasche.

Eine Viertelstunde später verschwand Lore, die Bedienung, auf der Toilette. Sie zog ihr Handy aus der Tasche und schrieb ihrem Anwaltsfreund eine WhatsApp-Nachricht, in der sie ihm den auf dem Zettel stehenden Namen und die Telefonnummer durchgab. Sie hatte ein hervorragendes Gedächtnis.

24. August, 13.22 Uhr:

Kurz nach dem Gespräch passierte Erich Rottmann wieder die Figur der *Patrona Franconiae*. Mitten im Gehen blieb er ziemlich abrupt stehen, so dass eine Frau fast in ihn hineingelaufen wäre. Rottmann entschuldigte sich, dann trat er zur Seite. Ein unbestimmter innerer Antrieb bewegte ihn plötzlich dazu, sich die Unglücksstelle noch einmal anzusehen. Seine lange berufliche Erfahrung lehrte ihn, sich einmal bei Tageslicht, alleine und in Ruhe, der Atmosphäre eines Tatortes auszusetzen. Es war schwer zu erklären, aber Orte, an denen Menschen gewaltsam gestorben waren, vermittelten einem sensiblen Ermittler oftmals rational schwer erklärliche Schwingungen, Gefühle und Eindrücke. Erkenntnisse, die hilfreich sein konnten. Rottmann schlenderte an die Stelle des Absturzes. Die *Patrona Franconiae* zeigte sich wie immer. Nichts deutete mehr darauf hin, dass hier zwei junge Menschen ihr Leben verloren hatten. Rottmann trat in der Ausbuchtung der Brücke hinter die Heiligenfigur und legte seine Hand auf die Stelle des Brückengeländers, von der die beiden wohl abgestürzt waren. Langsam beugte er sich nach vorne und warf einen Blick hinunter zu den Steinen des Wehrs. Auch hier deutete nichts mehr auf den Vorfall hin. Erich Rottmann schloss die Augen und versuchte die Geräusche der Umwelt zu ignorieren. Die zahlreichen Gäste auf der Brücke genossen ihren Schoppen und hatten dabei keine Ahnung von dem Drama, das sich vor kurzem an dieser Stelle abspielte.

Vor seinem geistigen Auge ließ Rottmann ein Phantasiebild erscheinen. Yvonne auf der Steinbrüstung sitzend, ihr Gesicht ihrem Freund zugewandt. Beide Körper in einer engen, vertrauensvollen Umarmung. Wo lag der Schwerpunkt bei einer derartigen Umarmung? Mit hoher Wahrscheinlichkeit hatte sich das Mädchen doch mehr nach vorne in Richtung ihres Freundes gebeugt und nicht nach hinten zum Abgrund. Handelte man nicht in einer solchen Situation instinktiv auf diese Weise? Rottmann schüttelte den Kopf. Er konnte es nicht erklären, aber irgendwie schwang in seinem Phantasiebild eine Schwingung von Gewalt mit. Sein kriminalistischer Instinkt sagte ihm, dass hier irgendetwas nicht stimmte. Konnte es sein, dass der junge Mann seine Freundin in den Tod stürzen wollte und dabei von ihr mit hinuntergerissen wurde? Warum sollte er das aber tun? Noch dazu in aller Öffentlichkeit, an einer Stelle, wo er Gefahr lief, bei seiner Tat beobachtet zu werden. Viele ungeklärte Fragen!

Rottmann löste sich von den Bildern in seinem Kopf. Er rief Öchsle und marschierte nachdenklich weiter. Im Gehen holte er seine Bruyère aus der Joppentasche und zündete sie an. Dann drückte er mit seinem Pfeifenstopfer die Glut etwas zusammen, worauf die Pfeife sofort besser zog. Plötzlich huschte ein überraschter Zug über sein Gesicht. Unverkennbar verspürte er wieder einmal das bekannte verräterische Jucken seiner Nase, das immer dann auftrat, wenn ein Kriminalfall in der Luft lag. Exkommissar Erich Rottmann war wieder im Einsatz. Öchsle warf seinem Menschen einen prüfenden Blick zu. Etwas hatte sich in seiner Art zu gehen geändert und er strahlte plötzlich eine Energie aus, die die sensiblen Sinne des Rüden empfangen konnten. Auch Öchsle spürte ganz deutlich: Da war wieder mal was im Busch! Ihm wars recht, er war jederzeit einsatzbereit!

Am Vierröhrenbrunnen bog Rottmann in Richtung Rosengasse ab. Zunächst würde er sich um den Tod von Yvonne kümmern. Das war er seiner Nachbarin schuldig. Wenn er hier nähere Einzelheiten erfahren wollte, musste er jetzt in Ermittlungen einsteigen.

Danach würde er sich um die Erpressungsgeschichte kümmern. Der Verdacht des Wirts, Gegner des Brückenschoppens könnten hinter diesen Randalierern stecken, war sicher nicht ganz abwegig.

Daheim angekommen, schnappte sich Rottmann sein Telefon und setzte sich auf die Couch. Vor seinem Mittagsschlaf drängte es ihn danach, ein paar Informationen einzuholen. Öchsle verzog sich in sein Körbchen. Nach kurzer Überlegung entschied sich der Exkommissar, zunächst einmal seine Quelle in der Rechtsmedizin anzuzapfen.

Mit Gottfried Meyer, dem Obduktionsassistenten, hatte Rottmann während seiner aktiven Zeit als Leiter der Mordkommission immer hervorragend zusammengearbeitet. Meyer war ein alter Hase, der Rottmann oft mit Informationen versorgt hatte, die nicht immer im Obduktionsprotokoll standen, da es sich dann schon mal im weitesten Sinne um Spekulationen handelte.

Rottmann wählte die eingespeicherte Nummer, die ihn direkt mit Meyers kleinem Büro verband. Er wollte schon wieder auflegen, als sich etwas undeutlich die knurrige Stimme Gottfried Meyers meldete: „Institut für Rechtsmedizin, Meyer!“ Es war unüberhörbar, dass Rottmann den Mann offenbar beim Essen gestört hatte. Deutlich waren Kaugeräusche zu hören. Rottmann fuhr ein kalter Schauer den Rücken hinunter. Meyer hatte die schockierende Eigenart, seine Brotzeitdosen im selben Kühlschrank aufzubewahren, in dem auch die bei den Obduktionen entnommenen Organpräparate gekühlt wurden. Als Rottmann ihn vor langer Zeit einmal daraufhin angesprochen hatte, zuckte Gottfried Meyer nur verständnislos mit den Schultern.

„Hier Erich Rottmann", meldete sich der Exkommissar. „Hallo Gottfried, alter Leichenfledderer, ich hoffe, dir geht es gut."

„Ja, ich werd verrückt! Der Herr Kriminaldirektor außer Dienst! Das ist aber eine Überraschung! Ist ja schon eine ganze Weile her, dass wir das letzte Mal zusammen gesprochen haben. Ich dachte schon, du hast das Kriminalisieren aufgegeben."

„Keine Sorge, die Katze lässt das Mausen nicht …", erklärte Rottmann und lachte leise.

„Hätte mich auch sehr gewundert", ergänzte Meyer, dann wurde er schlagartig sachlich. „Raus mit der Sprache, Erich, welcher unserer Kunden interessiert dich heute? Warte, lass mich raten. – Ich tippe auf die beiden unglücklichen jungen Leute von der Alten Mainbrücke …"

„Gottfried, das war ein Schuss ins Schwarze", stellte Rottmann fest. „Ich bewundere immer wieder deinen Scharfsinn!"

Der Obduktionsassistent ging auf Rottmanns Stichelei nicht ein. „Eigentlich sehr traurig, dass die beiden in so jungen Jahren sterben mussten … Das ganze Leben noch vor sich. – „Ich nehme an, du willst die Todesursache erfahren?"

Rottmann gab ein zustimmendes Brummen von sich.

„Also, das war definitiv kein Unfall! So wie es aussieht, wurde der junge Mann oberhalb beider Knöchel gepackt, hochgehoben und über die Brüstung gestoßen. Dabei hat er das Mädchen mit in die Tiefe gerissen. Beide haben beim Aufprall auf die Steine des Wehrs schwerste Schädelverletzungen erlitten, die sofort tödlich waren."

Es dauerte einen Augenblick, ehe Rottmann diese Nachricht verinnerlicht hatte. „Es liegt also eine Gewalttat vor", stellte er leise für sich fest.

„Definitiv!", bestätigte Meyer.

„Gibt es irgendwelche besonderen Merkmale an den Leichen?"

„Interessant, dass du das fragst. Auf dem linken Unterarm des Jungen befindet sich das Tattoo eines angreifenden Skorpions."

Der Exkommissar wollte sich schon bedanken, als Meyer fortfuhr: „Das Mädchen hat kein Tattoo, aber ein Medaillon um den Hals, in das ebenfalls ein Skorpion eingraviert ist."

Rottmann bedankte sich bei Meyer und versprach ihm, ihn demnächst auf einen Schoppen einzuladen, das übliche Honorar für derartige Auskünfte. Er wünschte noch einen guten Appetit, dann legte er auf. Sein Instinkt hatte ihn also nicht getrogen. Er war sich sicher, dass dieses Tattoo eine tiefere Bedeutung hatte. Bevor er mit Florian Deichler sprach, würde er erst einmal versuchen, anderweitig herauszufinden, was dieser Skorpion bedeutete.

24. August, 21.53 Uhr:

Erich Rottmann saß auf seiner Couch, die Füße bequem auf einen Sessel gelegt, und sah fern. Bei seiner Programmauswahl bevorzugte er heute *TV Mainfranken*, weil er hoffte, der Sender würde über die Todesfälle auf der Alten Mainbrücke berichten. Vielleicht hatten die Fernsehleute das eine oder andere Detail mitbekommen, das ihm entgangen war. Zu seiner Enttäuschung wurde der Sturz der beiden jungen Menschen nur kurz in einem Wortbeitrag kommentiert. Der Exkommissar schaltete das Gerät aus und betrachtete nachdenklich Öchsle, der zusammengerollt in seinem Körbchen lag und schlief. Während er so seinen Gedanken nachhing, kam ihm eine Idee, und er fasste einen Entschluss. Rottmann war sich nicht ganz sicher, ob sein Vorhaben ganz legal war, aber manchmal musste man zu unkonventionellen Mitteln greifen, wenn man ein Ziel erreichen wollte. Er erhob sich, schlüpfte in seine Hausschuhe und ging zu einer Schale, die im Flur auf einem Schuhschränkchen stand. Noch hatte er die Schlüssel zur Wohnung von Frau Kröger. Nachdem ihn die Nachbarin befugt hatte, ihren Nachlass zu verwalten, hätte sie sicher nichts dagegen gehabt, wenn er sich im Zimmer von Yvonne umsah.

Öchsle hob, als er die Schlüssel klappern hörte, etwas verschlafen den Kopf. Wollte sein Mensch jetzt noch einmal Gassi gehen? Rottmann konnte seine Gedanken erraten und beruhigte ihn. „Öchsle, du kannst ruhig weiterschlafen. Ich komme bald wieder zurück."

Der Rüde gähnte ausgiebig und vernehmlich, dann ließ er seinen Kopf auf das Polster zurücksinken und schloss wieder die Augen.

24. August, 23.14 Uhr:

Erich Rottmann betrat die Wohnung der Verstorbenen. Das Flurlicht war eher düster und unterstrich das beklommene Gefühl, das ihn wieder anflog. Rottmann wappnete sich dagegen und betrat Yvonnes ehemaliges Zimmer. Er schaltete das Licht ein, das deutlich greller war als die Flurbeleuchtung. Die dämonischen Fratzen auf den diversen Plakaten von Hardrock-Bands starrten ihn an. Rottmann wusste eigentlich nicht, wonach er suchte, aber er hatte die Hoffnung, hier einen Hinweis zu finden, der die Identität von Philipp Freischütz lüftete. Er hatte die Erfahrung gemacht, dass Menschen, die eine Beziehung pflegten, im persönlichen Umfeld des jeweils anderen Spuren hinterließen. In der Mitte des Zimmers blieb er stehen und sah sich aufmerksam um, wobei er sich langsam um die eigene Achse drehte. Die Spuren von Yvonnes Auszug waren überall zu sehen. Es gab nur noch wenige persönliche Einrichtungsgegenstände. An der Wand links vom Schreibtisch hing ein kleines Whiteboard, auf dem einzelne Zettel mit veralteten Notizen und einige wenige Automatenschnappschüsse von kleinen Magneten festgehalten wurden. Die Fotos sah Rottmann sich genauer an. Bei den abgelichteten Personen handelte es sich durchwegs um junge Mädchen, die in verschiedenen Posen Grimassen in die Kamera schnitten. Sie mussten alle älteren Datums sein, denn Yvonne war auf den Bildern noch deutlich jünger. Auf keinem der Bilder war ein Junge zu sehen. Rottmann wollte sich schon der Durchsuchung des Schreibtisches widmen, als er zufällig in dem Spalt zwischen Schreibtisch und Wand auf dem Boden ein helles Papier blitzen sah. Es war ein weiteres Foto, das offenbar von der Magnettafel hinter den Tisch gefallen und dort übersehen worden war. Der Exkommissar schob seinen Arm in die schmale Lücke und fischte es heraus. Darauf war eine ältere Yvonne abgelichtet, die von einem jungen Mann umarmt wurde. Es handelte sich dabei eindeutig um Yvonnes Freund Philipp, da das Tattoo des Skorpions auf dem Unterarm gut zu erkennen war. Rottmann stieß einen leisen Pfiff aus. Es sah ganz so aus, als hätte er da eine heiße Spur entdeckt, denn im Hintergrund des Fotos war der Eingangsbereich eines Hauses zu erkennen, das eine markante efeubewachsene Außenfront hatte. Wenn ihn nicht alles täuschte, hatte er derartige grüne Fassaden schon in der Sanderau gesehen. Daheim würde er mal mit der Lupe draufschauen. Vielleicht konnte er so die Wohnadresse des jungen Burschen herausfinden, ohne Florian Deichler durch entsprechende Fragen mit der Nase daraufstoßen zu müssen, dass er wieder einmal ermittelte.

Er steckte das Foto in seine Joppentasche. Weitere Entdeckungen, die ihm irgendwie von Nutzen gewesen wären, konnte er in dem Zimmer nicht mehr machen. Kurz darauf verließ Rottmann wieder die Wohnung.

Eine halbe Stunde später lag Erich Rottmann im Bett und sank schnell in den entspannten Schlaf des erfolgreichen Ermittlers, der womöglich auf eine heiße Spur gestoßen war. Sein letzter Gedanke galt Xaver Marschmann. Bestimmt konnte ihm der ehemalige Undercover-Ermittler dabei helfen, herauszufinden, ob dieses Skorpion-Tattoo einer bestimmten Organisation zugeordnet werden konnte.

28. August, 14.28 Uhr:

Elvira Stark und Erich Rottmann verließen die Aussegnungshalle des Städtischen Hauptfriedhofs. Gerade hatten sie Dorothea Kröger die letzte Ehre erwiesen. Außer einigen Nachbarn, die die alte Frau kannten, waren keine Trauergäste anwesend gewesen. Da sie eingeäschert wurde, war die Zeremonie für heute beendet.

„Irgendwie traurig, wenn man so sang- und klanglos von dieser Erde verschwindet", verlieh Elvira Stark ihrer Betroffenheit Ausdruck.

„Stimmt", erwiderte Rottmann, „aber diesen Weg müssen wir alle gehen. Ob in aller Stille oder mit Tamtam spielt dabei für die Menschen im Sarg keine Rolle." Während seiner Zeit als Leiter der Mordkommission war die Endgültigkeit des Todes für ihn Berufsalltag gewesen. Rottmann hatte gelernt sich davon zu distanzieren.

Sie hatten den Hauptausgang des Friedhofs erreicht und Rottmann verabschiedete sich von Elvira. Ein Stück entfernt konnte er auf einer Parkbank seinen Stammtischbruder Xaver Marschmann erkennen, der so nett gewesen war, während der Aussegnung auf Öchsle aufzupassen. Hunde durften ja nicht mit auf den Friedhof. Das war eines der wenigen Male, dass der Rüde eine Leine trug.

„Überstanden?“, fragte Marschmann. Was sollte man bei derartigen Anlässen auch Sinnvolles sagen?

Rottmann zuckte nur mit den Schultern und löste, nachdem sie den Ringpark betreten hatten, die Leine. Öchsle rannte quer über eine Wiese zu einem Gebüsch. Offenbar hatte er dringende Geschäfte zu erledigen. Während Rottmann die schwarze Krawatte auszog, die er zur Aussegnung getragen hatte, meinte er: „Xaver, vielen Dank für deine Hilfe.“

„Gerne.“

Sie marschierten eine Strecke wortlos, in Gedanken versunken, nebeneinanderher. Dann unterbrach Rottmann das Schweigen: „Sag mal, Xaver, hast du noch Connections zu deinen ehemaligen Kollegen?“

Der Stammtischbruder sah Rottmann verwundert an. „Ja, aber die meisten sind ebenfalls im Ruhestand. Warum fragst du?“

„Soweit ich weiß, hast du doch auch im Bereich Bandenkriminalität ermittelt?“

Xaver Marschmann nickte. Er war wirklich gespannt, was nun kommen würde.

„Die Mitglieder dieser Banden lassen sich doch oft als Zeichen ihrer Zugehörigkeit bestimmte Symbole tätowieren.“

„Stimmt. Besonders bei bestimmten Rockerbanden war und ist das auch heute noch Pflicht.“

„Ist dir schon mal ein Skorpion mit drohend erhobenem

Stachel untergekommen? Speziell auf dem linken Unterarm." Rottmann sah Marschmann von der Seite her fragend an.

Der Expolizist überlegte einen Augenblick, dann schüttelte er den Kopf. „Ich kann mich nicht erinnern. Aber das muss nicht unbedingt etwas bedeuten. Meine Einsätze fanden in erster Linie in der Drogenszene statt und dort hat fast jeder irgendwelche Tattoos. Aber ich kann mich mal bei den noch aktiven Kollegen umhören. Warum willst du das wissen?"

„Xaver, sei mir nicht böse, aber das ist noch nicht spruchreif. Ich benötige zunächst mal ein paar Informationen."

Marschmann wusste, mehr würde er aus seinem Stammtischbruder nicht herausholen. Wahrscheinlich stocherte er gerade wieder in einem Kriminalfall herum.

An der Kreuzung Martin-Luther-Straße / Rottendorfer Straße verabschiedeten sie sich voneinander. Xaver Marschmann marschierte in Richtung Residenzplatz davon, Erich Rottmann folgte weiter dem Ringpark. Er wollte in der Sanderau nach dem Haus suchen, dessen Eingang auf dem Foto abgelichtet war. Nach dem genaueren Studium des Bildes vermutete er die Wohngemeinschaft, in der Yvonne zum Schluss mit Philipp lebte, in diesem Stadtteil. Von irgendeinem Bewohner des Hauses konnte er vielleicht ein paar Informationen bekommen, die diese Leute der Kriminalpolizei nicht erzählt hatten. Denn dass Deichler längst im Umfeld des Jungen ermittelt hatte, davon war er überzeugt.

Zügig folgte der Exkommissar der Randersackerer Straße stadtauswärts, dabei scannte er die Hausfassaden und verglich sie mit dem Bild in seinem Kopf. Mehrere Häuser waren mit Efeu bewachsen. Immer wieder betrat er auch Innenhöfe, da bei einigen Wohnhäusern die Eingänge im Hof lagen.

28. August, 15.22 Uhr:

Bei einem der älteren Häuser, dessen hofseitige Fassade dick mit Efeu bewachsen war, wurde er fündig. Er zog das Foto heraus und verglich. Passte! Teilweise waren die Fenster des Hauses geöffnet. Man konnte Musik hören und der Geruch von Essen lastete auf dem verunkrauteten Pflaster des Hofes. Fahrräder lehnten wild durcheinander an der Hauswand. Neben dem Eingang stand eine Wäschespinne, auf der verschiedenartige Kleidungsstücke trockneten. Rottmann musterte das Klingelschild. Nicht ganz einfach, da hier eine wilde Ansammlung von verschiedensten Namensschildern in allen Stadien des Verfalls und der Improvisation vertreten waren. Kurz entschlossen drückte der Exkommissar gegen die Haustür. Wie erwartet war das Schloss nicht eingerastet. Langsam betrat er das kühle Treppenhaus. Öchsle folgte ihm zögerlich. Die Flut von Gerüchen, die auf sein sensibles Geruchsorgan hereinbrach, verunsicherte ihn etwas. Tatsächlich war die herrschende Geruchskakophonie, die sich draußen schon angedeutet hatte, selbst für Rottmanns nicht ganz so empfindliches Geruchsorgan kaum zu ertragen. Erich Rottmann beschloss, seinen Aufenthalt in diesem studentischen Biotop auf ein Mindestmaß zu beschränken. Gleich im Parterre stand eine der beiden Wohnungstüren sperrangelweit offen und irgendein männliches Wesen strapazierte seine Stimmbänder, indem es lauthals ein nicht identifizierbares Lied intonierte. Rottmann suchte nach der Klingel. Irgendwo in diesem Haus musste er ja anfangen. Als er den Knopf drückte, tat sich gar nichts. Offenbar defekt. Schließlich klopfte er vernehmlich gegen das Türblatt. Nach dem zweiten, noch nachdrücklicheren Klopfen verstummte der Gesang. Eine Sekunde später tauchte das Gesicht eines jungen Mannes in einer Türöffnung auf. Als er Rottmann gewahr wurde, trat er auf den Flur heraus und näherte sich barfuß der Wohnungstür. Er trug nur verwaschene Boxershorts und schwarze Badelatschen. Seine Figur war schlaksig, eher unsportlich. Die Haare standen ihm wild vom Kopf ab, als wäre er gerade erst vom Bett aufgestanden. Durch die randlose Brille musterte er Rottmann neugierig. Öchsle näherte sich vorsichtig und nahm eine Nase voll Witterung auf, was den jungen Mann offenbar nicht störte.

„Hi", grüßte er freundlich. „Kommen Sie von unserem Vermieter? Bevor Sie etwas sagen, bleiben Sie cool, wir haben die Miete gestern überwiesen." Er kratzte sich angelegentlich seine dürftigen Brusthaare.

Rottmann musste leicht grinsen. „Keine Sorge, ich bin nicht wegen der Miete hier. Nach meiner Kenntnis soll hier ein Herr Tröster wohnen. Können Sie mir sagen, wo ich ihn finde?"

„Herr Tröster?", dehnte der Junge fragend. Plötzlich klärte sich seine Miene auf. „Sie meinen sicher Leon und Philipp. Von der Sorte wohnen zurzeit zwei bei uns. Komisch, vor ein paar Tagen war schon einmal die Kripo da und hat ähnliche Fragen gestellt. Sind Sie auch ein Bulle?"

Rottmann schüttelte den Kopf. Da fuhr der Junge achselzuckend fort: „Ist mir auch egal. Im Augenblick wohnen eh nur noch Spuki und Philipp mit seiner Tussi hier. Leon ist einige Zeit verreist und hat sein Zimmer seinem Bruder überlassen." Er verstummte.

Rottmann wunderte sich nicht, dass Deichler schon hier gewesen war. Offenbar hat er aber den Leuten keinen Grund für seinen Besuch genannt. Der Exkriminaler wartete darauf, dass noch etwas kam, aber der Junge sah ihn nur grinsend an.

„Ja. Schön. Wo?" Er deutete mit dem Finger abwechselnd in die offene Wohnung und dann zum nächsten Stockwerk.

„Ach so, klar, ein Stockwerk höher, rechts“, erklärte er. „Ich habe allerdings keine Ahnung, ob er da ist. Aber soweit ich das mitbekommen habe, ist Spuki seit heute Nacht wieder zurück. Die hatten irgendwelchen Stress und sie war kurzfristig hier bei mir eingezogen. Sie war auch einige Tage weg. Jetzt ist sie aber wieder oben. Kann allerdings sein, dass sie noch pennt. Ich habe sie noch nicht gesprochen. Gehen Sie einfach rein. Ach, die Klingel dort ist auch defekt. Übrigens der Typ von der Kripo hat mir seine Karte dagelassen und mir gesagt, ich soll ihn anrufen, wenn jemand von der WG anwesend ist. Das habe ich vorhin gemacht. Falls Sie auf ihn warten wollen …“

Rottmann hatte das Gefühl, als habe der Junge das mit dem Anruf bei der Kripo absichtlich erwähnt, um ihn zu warnen. Ganz so blauäugig, wie er sich gab, war er anscheinend nicht. Rottmann bedankte sich für die Auskunft und wandte sich der Treppe zu. Der Junge verschwand mit einer lässigen Handbewegung wieder in seinen Räumen. Während Rottmann die nächsten Stufen erklomm, hörte er hinter sich schon wieder undefinierbaren Gesang. Rottmann überlegte: Wenn diese Spuki ebenfalls verreist war, hatte Deichler sie noch nicht befragen können. Es war zu hoffen, dass sie noch keine Ahnung von dem Vorfall hatte. Keine schlechte Ausgangslage für eine Befragung. Rottmann musste sich beeilen. Deichler oder sein Kollege konnten plötzlich auf der Matte stehen. Ein Zusammentreffen wäre ihm jetzt nicht recht gewesen.

Auch im ersten Stock gingen zwei Wohnungen vom Hausflur ab. Er wandte sich der rechten zu. Tatsächlich klebte am Türstock ein Zettel, auf dem zwei Namen handschriftlich vermerkt waren. Mit viel Mühe glaubte Rottmann einen als „Tröster“ entziffern zu können.

„Hallo!“, rief er in den düsteren Flur hinein. Nachdem keine

Antwort kam, betrat der Exkommissar langsam die Wohnung. Vom Flur gingen vier Türen ab, von denen zwei offenstanden. Die erste Tür führte zur Küche. Auf dem Tisch befanden sich ein Teller, ein Glas und Besteck. Anscheinend benutzt. Daneben eine angebrochene Rotweinflasche. Rottmann ging eine Tür weiter. Öchsle war schon drinnen. Plötzlich kam aus dem Zimmer ein spitzer Schrei. Der Exkommissar machte einen schnellen Schritt, damit er den Raum einsehen konnte. Er erwischte den Rüden dabei, wie er einer jungen Frau, die auf einer am Boden liegenden Matratze lag, die Füße ableckte, die sie reflexartig hochgezogen hatte. Offenbar war sie gerade aus dem tiefsten Schlaf gerissen worden, denn sie saß auf der Matratze und blickte verwirrt um sich. Ihre kurzen blonden Haare standen ihr wirr vom Kopf ab. Als sie den fremden Mann bemerkte, zog sie hastig die Bettdecke um sich, denn darunter war sie nackt.

„Öchsle, lass das!“, befahl Rottmann schnell. Der Rüde trottete schwanzwedelnd zu ihm. Er war sich keiner Schuld bewusst.

„Hey, was soll das?“, krächzte die Frau, offensichtlich Spuki, heiser. „Was willst du? Wenn du von Nikita kommst, kannst du ihm sagen, dass ich die Kohle noch nicht habe.“

Langsam schien sie vollständig in die Wirklichkeit zurückgefunden zu haben. Sie schob die Beine unter der Bettdecke hervor und machte Anstalten aufzustehen. Rottmann hob die Hand.

„Einen Moment bitte. Zunächst, ich kenne keinen Nikita. Mein Name ist Erich Rottmann, ich bin auf der Suche nach einer Mitbewohnerin von Philipp Tröster. Sind Sie das?“

„Ja …“, kam es zögerlich. „Sind Sie ein Bulle?“

Rottmann schüttelte den Kopf. „Nicht ganz. Ich führe hier private Ermittlungen durch.“

Das schien sie etwas zu entspannen. Als sie die Bettdecke von sich warf, drehte sich Rottmann schnell um.

„Ziehen Sie sich doch bitte etwas über", bat er, „ich möchte Ihnen gerne ein paar Fragen stellen."

Er hörte es hinter sich rascheln, dann trat die junge Frau wieder in sein Blickfeld. Sie trug jetzt ein langes T-Shirt und eine kurze Sporthose. Mit den Fingern versuchte sie ihre Haare zu bändigen.

„Was hat Philipp ausgefressen?", wollte sie wissen. „Er wohnt im Zimmer seines Bruders, der einige Zeit verreist ist."

„Wohnt er alleine?"

„Nein, mittlerweile schleppt er auch noch seine Tussi hier an. Ich glaube, sie heißt Yvonne." Ihre Stimme hatte plötzlich einen harten, um nicht zu sagen gehässigen Beiklang angenommen und ihre Augen wurden eng.

Rottmann nahm das zur Kenntnis. „Sie mögen diese Yvonne offenbar nicht?"

Spuki hatte sich schnell wieder im Griff. „Das kann man so nicht sagen, aber seitdem sie hier wohnt, hatte Philipp keine Zeit mehr für … die WG und so."

Rottmann überlegte eine Sekunde, dann hatte er sich entschieden. Es machte keinen Sinn, die Fakten zu verschweigen. Deichler würde sich zwar ärgern, dass er sie früher befragte, aber das konnte er jetzt nicht ändern.

„Es tut mir leid", fuhr er fort, „aber ich muss Ihnen leider eine traurige Mitteilung machen. Sie haben nicht unrecht. Demnächst wird tatsächlich die Polizei bei Ihnen auftauchen."

Spuki musterte ihn angespannt. „Ist etwas passiert?"

Rottmann nickte. „Ja, leider. Da Sie verreist waren, können Sie es nicht wissen … Ihr Mitbewohner Philipp ist vor einer knappen Woche zusammen mit seiner Freundin zu Tode gekommen."

Ihre Reaktion kam zögerlich. Rottmann hatte in seinem langen Berufsleben schon alle Schattierungen von Erschütterung und Betroffenheit bei der Mitteilung einer Todesnachricht erlebt. Keine glich der anderen. Diese junge Frau starrte einen Augenblick wie versteinert vor sich hin, dann fragte sie mit regloser Miene: „Wie ist das passiert? War es ein Unfall?"

„Haben Sie bitte Verständnis dafür, dass ich Ihnen das nicht sagen kann. Ich möchte der Kripo da nicht vorgreifen."

Spuki zog sich die Unterlippe durch die Zähne. Ihre linke Hand knüllte nervös den unteren Rand ihres T-Shirts zusammen.

„Können Sie mir sagen, ob Philipp in der letzten Zeit irgendwelchen Ärger hatte? Gab es Streit mit seiner Freundin?"

Spuki zuckte mit den Schultern. „Diese Yvonne war eine ziemliche Zicke. Sie hat Philipp ständig herumkommandiert und der hat sich das auch noch gefallen lassen. War halt total verknallt, der Typ! – Warum wollen Sie das alles wissen?"

„Dürfte ich mal in das Zimmer der beiden schauen?", entgegnete Rottmann.

Sie sah ihn durchdringend an, dann schüttelte sie den Kopf. „Nein, das können Sie nicht. Ich habe keine Ahnung, wer Sie sind und was Sie wollen. Da stimmt doch etwas nicht! Bitte gehen Sie jetzt! Ich muss jetzt erst mal mit Ihrer Nachricht fertig werden."

Rottmann war klar, er würde jetzt nichts mehr erfahren. Diese Spuki machte dicht. Offensichtlich war sie plötzlich misstrauisch. Er verabschiedete sich und verließ mit Öchsle die Wohnung. Aus der unteren Wohnung kam noch immer schräger Gesang.

Während Rottmann in Richtung Stadt marschierte, ließ er sich das Gespräch mit Spuki nochmals durch den Kopf gehen.

„Mit dem Mädchen stimmt etwas nicht", brabbelte er

leise im Selbstgespräch vor sich hin. Öchsle warf ihm einen prüfenden Blick zu. Der erfahrene Kriminaler erkannte ihre Nervosität, die sie zu verbergen suchte. War diese Spuki etwa eifersüchtig? Eine Frage, der man nachgehen musste! Und da war noch etwas. Als sie noch im Bett lag, war ihm ein Schmuckstück um ihren Hals aufgefallen. Ein Medaillon an einer dünnen Kette, dessen Gravur einen angreifenden Skorpion darstellte. Und es gab noch einen dritten Punkt, der ihn stutzig machte. Bei ihrer Formulierung „… aber seitdem sie hier wohnt, hatte Philipp keine Zeit mehr für … die WG …“ benutzte sie die Vergangenheitsform. Philipps Tod erwähnte er erst danach.

Rottmann litt etwas unter der Schwüle, die auch heute wieder die Straßen von Würzburg aufheizte. Er beschloss kurzerhand, sich erst mal für ein Schläfchen nach Hause zurückzuziehen.

Spuki wartete, bis Rottmann das Haus verlassen hatte, dann öffnete sie die Tür zu Philipps Zimmer. Sie blickte auf das zerwühlte Bett, auf dem sie noch immer die Abdrücke seines Körpers zu erkennen glaubte. Schlagartig liefen ihr Tränen der Wut und Verzweiflung über die Wangen.

„Du gottverdammter Idiot!“, entfuhr es ihr, dann warf sie sich schluchzend auf Philipps Bett und vergrub ihr Gesicht in dem Kissen, das noch seinen Geruch trug.

28. August, 18.30 Uhr:

Ausgeruht und mental frisch gestärkt, trafen Rottmann und sein vierbeiniger Begleiter am Stammtisch ein. Die übrigen Stammtischbrüder waren alle schon anwesend. Sie wussten ja, dass

Rottmann heute eine traurige Verpflichtung erfüllt hatte, und gaben sich Mühe, ihren Schoppenfreund etwas aufzumuntern.

„Es geht das Gerücht, der Streit auf der Alten Mainbrücke zwischen den Schoppentrinkern und den Radfahrern sei offen ausgebrochen", verkündete Ron Schneider.

„Wie kommst du darauf?", wollte Xaver Marschmann wissen. „Hat etwas darüber in der Zeitung gestanden?"

Der emeritierte Seniorchef einer großen Anwaltskanzlei schüttelte den Kopf. „Eben nicht. Das ist es ja, was mich wundert. Der Bekannte eines Bekannten, der vor ein paar Tagen in der Alten Mainmühle mit einigen Freunden essen war, berichtete von einer Schlägerei im Lokal. Es sollen ein paar Typen die Einrichtung demoliert haben." Er warf Rottmann einen neugierigen Blick zu. „Erich, hast du etwas davon gehört? Du bist doch sonst immer bestens informiert."

Der Exkommissar zuckte nur mit den Schultern und gab ein nichtssagendes Brummen von sich. „Weiß der Himmel, was dein Bekannter da gehört hat", erwiderte er knapp.

Horst Ritter nahm einen Schluck von seinem Schoppen, dann erklärte er: „Ich weiß auf jeden Fall aus meiner früheren Behörde, dass es eine Strafanzeige gegen unbekannt wegen des abgestürzten Fahrradboten gibt. Sie ermitteln immer noch, ob es sich dabei um einen Unfall oder eine Straftat handelt. Es gibt offenbar nur einen Zeugen, der einen Angreifer gesehen haben will. Anscheinend ist der Mann aber nicht sonderlich glaubhaft. Alle anderen Zeugenaussagen sind überhaupt nicht verwertbar. Wahrscheinlich wird das Verfahren eingestellt." Er nahm einen neuerlichen Schluck.

Marschmann meldete sich erneut zu Wort: „Da kann mir einer sagen, was er will, der Brückenschoppen scheint in der letzten Zeit vom Unglück verfolgt zu werden. Eigentlich bedauerlich, ich finde das Ambiente unterhalb der Burg auch ganz toll."

Hierüber bestand Einigkeit. Die Themen wechselten in den nächsten Stunden mehrfach. Schließlich gab es in der Stadt noch anderen Gesprächsstoff, der von einem derart qualifizierten Stammtisch ausführlich durchdiskutiert werden musste. Kurz nach dreiundzwanzig Uhr gingen sie auseinander. Beim Aufbruch näherte sich Xaver Marschmann Rottmann: „Erich, hast du noch einen Moment Zeit?"

Rottmann nickte. Zusammen marschierten sie die Maulhardgasse hinunter in Richtung Marienplatz.

„Du hast mich wegen dieses Skorpion-Tattoos gefragt. Ich habe heute ein paar Telefonate mit Kollegen geführt. Wie es aussieht, ist dieses Tattoo das Bandenzeichen für eine kriminelle Vereinigung, die erst seit kurzem in den Fokus des Landeskriminalamtes gerückt ist. Wie es aussieht, geht es dabei um Schutzgelderpressung. Die Ermittlungen stehen aber noch ganz am Anfang."

Rottmann bedankte sich.

Kurz vor Mitternacht bog Rottmann, vom Main kommend, in die schwach beleuchtete Rosengasse ein. Er hatte Öchsle nach dem Stammtisch und vor dem Schlafengehen noch etwas Bewegung verschafft. Auf Höhe eines schmalen Durchgangs zu einem Grafikbüro begann der Rüde plötzlich verhalten zu knurren. Rottmann warf ihm einen überraschten Blick zu. Normalerweise wollte Öchsle um diese Zeit nur noch zielstrebig in sein Körbchen. Irgendwelche Katzen oder sonstiges Getier ließen ihn da völlig gleichgültig. Öchsle stand mit aufgestelltem Nackenfell mitten auf der Straße und starrte in die finstere Hofeinfahrt des Gebäudes. Es war dort so dunkel, dass der Exkommissar absolut nichts erkennen konnte.

„Hallo, ist da jemand?", fragte Rottmann energisch und trat einen Schritt näher.

„Bleib stehen!", kam laut die forsche Aufforderung aus der

Finsternis. „Und halte den Köter zurück!" Es war die tiefe Stimme eines Mannes. „Nur zur Information, ich habe einen Revolver auf dich gerichtet! Es täte mir leid, wenn ich ihn benutzen müsste."

„Was soll der Quatsch?", ärgerte sich Rottmann, der auch müde war. Die Drohung beeindruckte ihn merkwürdigerweise überhaupt nicht. Allerdings packte er rein vorsorglich Öchsle am Halsband. Der Rüde konnte manchmal ziemlich unfreundlich werden, wenn er seinen Menschen bedroht fühlte. „Komm raus und sag, was du zu sagen hast!" Ganz langsam schien es ihm, als könne er in der Einfahrt andeutungsweise menschliche Konturen erkennen. Langsam, aber sicher schwoll ihm die Zornesader. Er mochte es gar nicht, wenn man ihn respektlos duzte, und schon gar nicht, wenn man ihn bedrohte.

„Alter Mann, das ist jetzt mal nur eine Warnung! Lass die Finger von der Alten Mainbrücke! Es würde mir leidtun, wenn ich dir oder deinem Hund Schmerzen zufügen müsste! Geh nach Hause und erspare dir damit das Pflegeheim und die Schnabeltasse! Ich meine es ernst!"

Rottmanns Blut kochte! Ihm war klar, woher der Wind wehte. Was bildete sich dieser Kerl eigentlich ein? „Ihr könnt mich mal! Sag das den Typen, die dich geschickt haben!", schrie er wütend in die Dunkelheit. Öchsle stieß ein tiefes, zorniges Knurren aus, dann zerrte er heftig am Halsband und kam frei. Wie ein Geschoss raste der Rüde in die Finsternis. Rottmann hatte keine Chance, ihn aufzuhalten. Sekunden später hörte man wildes Knurren und Fauchen sowie menschliches Fluchen. Der Exkommissar stürzte nach vorne, um seinen vierbeinigen Freund zu unterstützen, da kam ihm der Rüde auch schon wieder entgegen.

„Mein Gott, Öchsle, was machst du denn für Sachen", freute

sich Rottmann und nahm ihn in die Arme. Dabei bemerkte er einen schwarzen Fetzen Stoff, den Öchsle im Maul trug. Offenbar hatte der Rüde seine Zähne eingesetzt und zumindest etwas Stoff von seinem Gegner erwischt. Rottmann nahm ihm den Fetzen ab, dann blickte er in die Hofeinfahrt. Der Mann war offenbar weg. Anscheinend hatte die Einfahrt einen Durchgang in die andere Richtung. Obwohl er schon ewig in der Rosengasse wohnte, war ihm das bisher nicht bekannt gewesen. Er marschierte weiter in Richtung seiner Wohnung. Offenbar hatte sich die Tatsache, dass die Wirte ihn engagiert hatten, bereits bei der Bande rumgesprochen. Erich Rottmann gab ein ärgerliches Knurren von sich. Die Kerle konnten natürlich nicht wissen, dass man mit solchen Aktionen bei ihm eher das Gegenteil erreichte. Zuhause untersuchte er den Stofffetzen. Wahrscheinlich stammte er von einer Hose. Bei näherer Betrachtung fand er Blutanhaftungen. Nachdem Öchsle keinerlei Verletzungen hatte, mussten die Zähne des Rüden auch etwas Haut des Unbekannten erwischt haben. Über Rottmanns Gesicht zog ein grimmiges Lächeln: braver Öchsle! Bevor Erich Rottmann im Bett die Augen schloss, fasste er einen Entschluss: Angriff war die beste Verteidigung. Morgen würde er sich einmal um diesen Anwalt Höllerich kümmern! Er war die einzig konkrete Figur auf dem Schachbrett, die man irgendwie greifen konnte. Eine Minute später hörte Öchsle, der im Wohnzimmer in seinem Körbchen lag, das gewohnte gleichmäßige Sägen seines Menschen.

Der Mann mit dem Schlangen-Tattoo, das bis über den Hals hinaufreichte, stand in seinem Bad und fluchte. Die schwarze Hose mit dem ausgerissenen Stofffetzen lag auf dem Boden. Vorsichtig betupfte er die Wunde an der Wade, wo ihm die Zähne des Hundes einige tiefere Kratzer zugefügt hatten, mit einem Desinfektionsmittel. Niemals hätte er mit einem Angriff dieses kleinen Mistviehs gerechnet. Im Nachhinein bedauerte er es, dass er keine Waffe mitgeführt hatte.

29. August, 10.00 Uhr:

„Ich gratuliere", freute sich Fahrlehrer Eugen Domröse von der Fahrschule Felsflusser in der Semmelstraße und drückte Elvira Stark den korrigierten Fragebogen der theoretischen Fahrprüfung in die Hand. „Nur zwei Fehler! Das ist sehr gut! Diesen Teil der Führerscheinprüfung haben Sie also bestanden." Er schüttelte ihr die Hand. Auch der Mann vom TÜV, der die Prüfung in der Fahrschule abgehalten und die Fragebogen vor Ort korrigiert hatte, gratulierte.

Elvira strahlte wie ein Kronleuchter. Zumal eine ihrer Mitschülerinnen gerade mit hängendem Kopf die Fahrschule verließ, weil sie durchgefallen war.

„Wann ist dann die praktische Prüfung?", wollte sie wissen. Man konnte ihr ansehen, dass ihr diese Frage auf der Seele brannte.

„In zwei Tagen", erwiderte Domröse lächelnd. „Der Prüfer kommt um neun Uhr hierher. Wenn Sie wollen, können Sie dann gleich die erste Fahrt machen. Dann haben Sie es hinter sich."

Elvira nickte. „Das wäre super. Da bin ich Ihnen wirklich sehr dankbar. Diese lange Warterei, bis man an der Reihe ist, zerrt doch ziemlich an den Nerven."

Wenig später verließ sie die Fahrschule und schlenderte in Richtung Innenstadt. Jetzt würde sie sich erst einmal im Café Michel für dieses Prüfungsergebnis belohnen. Während sie sich den Kuchen auf der Zunge zergehen ließ, malte sie sich immer wieder das Gesicht von Erich Rottmann aus, wenn sie ihm dann den Führerschein präsentieren konnte. Schließlich rief sie sich zur Ordnung. Es war nicht sehr sinnvoll, das sprichwörtliche Fell des Bären zu verteilen, ehe sie ihn tatsächlich erlegt hatte. Wenn sie aber erfolgreich war, würde eine Bombe platzen!

29. August, 12.12 Uhr:

Florian Deichler kannte die Gewohnheiten seines ehemaligen Chefs sehr gut. Daher wusste er auch, wann Rottmann den Stammtisch in der Regel verließ. Er hatte sich schon lange gefragt, warum sich Erich Rottmann in den letzten Tagen nicht bei ihm meldete, um sich nach dem Sachstand der Ermittlungen bezüglich der beiden getöteten jungen Leute zu erkundigen. Normalerweise war Rottmann in solchen Dingen eher zu aufdringlich, zumal wenn er an der Aufklärung des Falles ein persönliches Interesse hatte, weil er das Opfer kannte. Mittlerweile war er bei seinen Ermittlungen auf heimliche Recherchen Rottmanns gestoßen. Das zeigte ihm, Erich Rottmann war immer noch der Alte. Um zwölf Uhr machte Deichler für gewöhnlich Mittagspause, wenn es sich beruflich einrichten ließ. Heute leistete er sich am Marktstand „eine Geknickte", eine durchgebrochene Bratwurst im Weckle mit Senf. Zum Verzehr setzte er sich auf die runde Bank hinter der Marienkapelle und wartete. Die Angelegenheit wollte er persönlich besprechen. Wenn überhaupt, musste Rottmann auf dem Weg zur Rosengasse hier vorbeikommen.

Zuerst entdeckte Deichler Öchsle, der seinem Herrchen ein ganzes Stück vorauslief. Er schnalzte lockend mit der Zunge, worauf der Rüde ihn erkannte und im Tiefstart auf ihn losstürmte. Während die beiden sich ausgiebig begrüßten, kam Rottmann an der Bank an. Er nahm seine dampfende Bruyère aus dem Mund. „Hallo, Florian", grüßte er. „Was für ein schöner Zufall!" Es war ihm anzumerken, dass er nicht an diesen Zufall glaubte.

Deichler legte den Kopf schief. „Sag mal, Erich, möchtest du mir nicht erzählen, was du zurzeit so treibst?"

Erich Rottmann sah den Freund mit einem derart treuherzigen Hundeblick an, dass jemand, der ihn kannte, sofort klar war, der Exkommissar hatte etwas zu verbergen.

„Wüsste nicht was", gab er scheinheilig zurück.

„Na, dann will ich dir mal auf die Sprünge helfen. Ich habe gestern in der WG von Philipp Tröster ermittelt, in der auch Yvonne Kröger nach dem Auszug bei ihrer Großmutter wohnte. Ich war dann schon etwas verwundert, als die Leute mir berichteten, es sei bereits ein weißhaariger, bärtiger älterer Herr mit Hund da gewesen, der ihnen Fragen nach den beiden jungen Leuten stellte. Irgendwie kam mir der Verdacht, es könnte ein gewisser Exkommissar Erich Rottmann gewesen sein, der da wieder einmal illegal, ich betone nochmals, illegal auf Ermittlerfüßen unterwegs war. – So, jetzt bist du dran!" Er sah seinen ehemaligen Chef streng an.

Erich Rottmann verzog das Gesicht und erwiderte etwas emotional: „Mein Gott, Florian, ich habe der verstorbenen Frau Kröger versprochen, mich ihrer Enkeltochter anzunehmen. Sie hatte die Befürchtung, sie könnte auf die schiefe Bahn geraten. Da ist es doch mehr als recht und billig, dass ich mich um ihren ungeklärten Tod kümmere."

„Erich, ich weiß gar nicht, wie oft ich es dir schon gesagt habe, die Aufklärung von Straftaten ist die Sache der Polizei und sicher nicht die von Ruheständlern!"

„Ich wusste, dass du das sagen würdest, deshalb habe ich das ja auch heimlich gemacht." Rottmann grinste leicht. „Aber wenn wir schon dabei sind: Mir ist aufgefallen, dass eine Mitbewohnerin von Philipp Tröster, eine gewisse Spuki – ihren richtigen Namen kenne ich nicht –, offensichtlich eifersüchtig war, weil der Junge sich mit Yvonne zusammengetan hatte. Hast du mal in diese Richtung ermittelt?"

„Erich, danke, dass du mir meinen Job erklärst. Selbstverständlich haben wir alle WG-Bewohner unter die Lupe genommen und vorsichtshalber ihre Alibis überprüft. Diese Spuki, die richtig Helene Jäger heißt, konnten wir dort allerdings nicht antreffen. Einer der männlichen Bewohner dieses Hauses hat mir erzählt, dass Philipp Tröster vor Yvonne Kröger mit Helene Jäger liiert war. Es war sicher sehr schwierig für die junge Frau, als Philipp ihr den Laufpass gab und obendrein seine neue Freundin bei sich einziehen ließ. Jedenfalls muss es in der WG heftige Szenen gegeben haben. Eifersucht war schon immer ein starkes Motiv."

Rottmann runzelte die Stirn. „Du meinst, sie hat …?"

Deichler zuckte mit den Schultern. „Wenn sie uns kein Alibi geben kann, ist sie zumindest stark verdächtig. Sie ist Sportstudentin und hat sicher genügend Kraft, um eine solche Tat auszuführen. Auch die Tatsache, dass sie nicht aufzufinden ist, spricht eine klare Sprache. Wir haben jedenfalls einen Haftbefehl erwirkt und sie zur Fahndung ausschreiben lassen."

Rottmann stieß eine dichte Rauchwolke aus. „Wenn ich ehrlich bin, habe ich in die gleiche Richtung gedacht. Als ich bei ihr war, habe ich gesehen, dass sie das gleiche Amulett um den Hals trug, wie man bei Yvonne gefunden hat. Ich nehme an, du hast den Obduktionsbericht gelesen."

„Aha, ich sehe, mit deinem Spezi in der Rechtsmedizin hat du auch schon gesprochen. Erich, du kannst es wirklich nicht lassen! Aber danke für den Hinweis. Wenn wir sie haben, werden wir das überprüfen." Er erhob sich. „Du siehst, wir sind durchaus in der Lage, umfassend zu ermitteln … auch ohne dich! Also bitte, es ist unser Fall und WIR werden ihn aufklären."

Rottmann stieß erneut eine dichte Rauchwolke aus. „Schon klar. Aber bitte, sag mir Bescheid, wenn ihr sie habt. Damit ich auch für mich den Fall abschließen kann." Er zwinkerte Deichler zu. Der schüttelte nur den Kopf, dann streichelte er Öchsle zum Abschied und marschierte davon.

Erich Rottmann sah ihm nachdenklich hinterher. Deichlers Theorie war durchaus schlüssig, deckte aber nicht die gesamte Problematik ab. Welchen Zusammenhang gab es zwischen Philipp Tröster und der Gruppierung, die Druck auf die Wirte des Brückenschoppens ausübte? Waren die Bicycler, wie Nabenschlager versichert hatte, daran unschuldig? Hier stand noch einiges an Ermittlungstätigkeit an.

Rottmann stopfte den Tabak in seiner Bruyère fest, dann erhob er sich und bewegte sich zielstrebig, mit Öchsle im Schlepptau, in Richtung Alte Mainbrücke. Ihm war blitzartig ein Gedanke gekommen!

29. August, 13.08 Uhr:

Sofort nach dem Betreten der Mainmühle entdeckte Rottmann Enterich Bier zapfend hinter dem Tresen stehen. Da im Augenblick Hochbetrieb war, wurde offenbar jede Hand im Service benötigt. Der Wirt sah Rottmann sofort und winkte. „Eine Sekunde, ich komme gleich zu Ihnen."

„Haben Sie schon etwas herausgefunden?", wollte der Wirt gleich ohne Begrüßung wissen.

Rottmann schüttelte den Kopf. „Leider nein, aber mir ist da ein Gedanke gekommen. Wie ich gesehen habe, ist doch am Giebel der Mainmühle so eine neumodische Kamera installiert, mit dem man einen Teil der Brücke einsehen kann.

Ich erinnere mich, dass darüber in der Mainpostille berichtet wurde."

„Sie meinen unsere Webcam."

„Ja, genau, so heißt das Ding. Stimmt es, dass diese Kamera ständig einen Ausschnitt der Mainbrücke vor Ihrem Lokal aufzeichnet?"

„Richtig, das haben wir vor einiger Zeit eingerichtet, damit Menschen, die sich mittels Computer über die Mainmühle informieren wollen, den Betrieb auf der Alten Mainbrücke beobachten können. Es gab zunächst einige Fragen wegen des Datenschutzes, aber da wir nur den laufenden Fußgängerverkehr in der unmittelbaren Umgebung aufnehmen, ohne zu fokussieren, sind die kritischen Stimmen verstummt."

„Den Sturz des Fahrradkuriers haben Sie also nicht drauf?"

Enterich schüttelte den Kopf. „Leider nein, so weit reicht die Kamera nicht."

„Wie sieht es mit dem 18. August aus?", wollte Rottmann wissen. „Schon gelöscht? Zu Ihrer Erinnerung, das ist der Tag, an dem Sie nach Ihrer Aussage dieser Rechtsanwalt Höllerich zum ersten Mal besucht hat."

Jo-Berta Enterich runzelte die Stirn. Sofort erfasste er, was Rottmann wollte. „Sie meinen ...?"

„Bedauerlicherweise steht ja auf der Visitenkarte dieses Rechtsanwalts keine Adresse. Wie Sie mir sagten, hat er es bei seinen Besuchen auch immer so eingerichtet, dass er mit Ihnen alleine war. Also gibt es nur Ihre Aussagen. Aus meiner aktiven Zeit als Leiter der Würzburger Mordkommission sind mir zumindest die Würzburger Strafverteidiger gut bekannt. Von einem Rechtsanwalt Höllerich habe ich bis jetzt noch nichts gehört. Deshalb wäre es von Vorteil, wenn man von diesem Mann ein Bild hätte."

Enterich wurde mit einem Mal ganz nervös. „Ich werde mal

mit meinem Administrator sprechen. Möglicherweise kann man auf die alten Dateien noch zugreifen. Ich rufe Sie an, wenn ich etwas in Erfahrung gebracht habe."

Erich Rottmann bedankte sich, dann kam er auf ein anderes Problem zu sprechen.

„Ich hatte vor kurzem Kontakt mit Stadtrat Nabenschlager. Er beklagte die in den letzten Wochen zwischen Brückenschöpplern und Radfahrern entstandene Kluft. Er meinte, es müsse doch möglich sein, eine friedliche Koexistenz zwischen den beiden Interessengruppen zu finden. Ein Kleinkrieg auf der Alten Mainbrücke wäre das Letzte! Nach seiner Meinung sollte man in eine Mediation eintreten. Sicher würde man sich irgendwie auf einen gemeinsamen Mediator einigen können."

Enterich waren seine Zweifel anzusehen.

„Das klingt alles sehr schön. Aber gerade in den letzten Tagen sind Dinge geschehen, die einen an der Wahrhaftigkeit dieses Vorschlags zweifeln lassen. Wie soll man es verstehen, wenn einerseits Friedensangebote gemacht werden und andererseits Schläger die Einrichtung unserer Lokale demolieren und die Gäste bedrohen."

„Da haben Sie natürlich recht, das ist extrem widersprüchlich. Nabenschlager ist allerdings, das muss ich aus eigener Erfahrung sagen, ein ehrenwerter Mann, der mit derart gewalttätigen Aktionen mit Sicherheit nichts gemein hat. Ich bin überzeugt, da steckt etwas anderes dahinter." Er wandte sich zum Gehen. „Ich bin wirklich gespannt, ob wir auf dem Überwachungsvideo Sequenzen finden, mit denen wir etwas anfangen können. Das wäre eine echte Chance."

Rottmann machte sich auf den Heimweg. Um Öchsle noch etwas Auslauf zu gönnen, wählte er den Weg am Mainkai entlang.

29. August, 22.14 Uhr:

Heute gingen die Stammtischbrüder relativ frühzeitig auseinander. Ron Schneider hatte schon den ganzen Abend Migräne, Horst Ritter musste Einladungskarten für die Hochzeit schreiben und Xaver Marschmann wollte noch die Kurzzusammenfassung eines Bundesligaspiels anschauen. Während Rottmann so vor sich hin trottete und sich Gedanken über diesen zweifelhaften Anwalt machte, läutete sein Mobiltelefon. Es musste Gedankenübertragung gewesen sein, denn der Anrufer war Jo-Berta Enterich.

„Rottmann", meldete er sich knapp.

„Hallo, Herr Rottmann, schön, dass ich Sie trotz der späten Stunde noch erreiche. Ich hoffe, ich störe nicht, aber ich habe eine Nachricht, die Sie sicher interessieren dürfte."

Rottmann vernahm den lauten Atem seines Gesprächspartners. Die Erregung des Mannes war deutlich zu hören.

„Lassen Sie hören."

„Sie werden es nicht glauben, aber mein Administrator hat tatsächlich die Videodatei vom 18. August, die schon gelöscht war, wieder lesbar gemacht. Fragen Sie mich nicht wie. Darauf ist dieser Höllerich eindeutig zu erkennen!"

Erich Rottmann war wie elektrisiert. „Ich bin im Augenblick noch in der Stadt unterwegs und ganz in Ihrer Nähe. Wenn es sich einrichten ließe, würde ich mir das Video gerne noch heute ansehen. In knapp zehn Minuten könnte ich bei Ihnen sein."

Enterich war damit einverstanden. Eine Viertelstunde später beugten sich Rottmann und der Wirt in einem Nebenraum der Mainmühle über das Display eines Laptops. Gespannt verfolgte der Exkommissar die in rasantem Tempo vorüberhuschenden Bildsequenzen, bis Enterich das Video an einer bestimmten Stelle normal weiterlaufen ließ.

„Einen Moment, gleich ist er zu sehen." Zwei Sekunden später drückte der Gastronom die Maustaste und die Wiedergabe gefror zum Standbild. Sein Zeigefinger zuckte nach vorne. „Da, gerade betritt er die Mainmühle."

Erich Rottmann kniff die Augen zusammen und betrachtete intensiv den Mann, der aus der Perspektive der Webcam nur schlecht zu erkennen war.

„Kann man das Gesicht vergrößern?"

Enterich drückte einige Tasten, worauf auf dem Bildschirm ein Rechteck erschien, in dessen Zentrum er die kleine Gestalt aus dem Video stellte. Ein Mausklick und das Gesicht des Mannes erschien bildfüllend, aber leider etwas grobkörnig, auf dem Display. Rottmann betrachtete den Mann einen Augenblick prüfend, dann lächelte er. „Kann man das auch ausdrucken?"

Statt einer Antwort drückte der Wirt zwei andere Tasten und plötzlich erwachte im Hintergrund ein Drucker, den Rottmann bisher noch gar nicht zur Kenntnis genommen hatte. Wortlos nahm Enterich den Farbausdruck und reichte ihn Rottmann.

„... und, kennen Sie den Mann?"

„Irgendwo habe ich dieses Gesicht schon einmal gesehen", erwiderte Rottmann, „aber ich kann es im Augenblick noch nicht sicher einordnen. Lassen Sie mir etwas Zeit, da muss ich noch gründlicher in meinem Gedächtnis kramen."

Rottmann steckte das Bild ein, dann verabschiedete er sich und setzte mit Öchsle den unterbrochenen Heimweg fort. Der ehemalige Leiter der Mordkommission musste keineswegs darüber nachdenken, wer auf dem Ausdruck abgebildet war. Dieses Gesicht hatte sich ihm eingebrannt! Während seiner aktiven Zeit gab es einmal eine schwere Konfrontation zwischen ihm und dem Mann, der sich jetzt als Rechtsanwalt Höllerich ausgab. Seinerzeit ermittelte er wegen Vergewaltigung und Körperverletzung mit Todesfolge gegen einen Musiker, der sich in Würzburg bei einem Gastspiel an einem Mädchen des Chores vergangen hatte. Der Mann auf dem Bild vertrat den Musiker als Anwalt und schoss mit allen Mitteln gegen Rottmann, weil er angeblich illegale Ermittlungsmethoden anwandte. Das Ergebnis war, dass das Gericht das Verfahren gegen den Angeklagten einstellen musste. Eine seiner wenigen beruflichen Niederlagen, die Rottmann nicht vergessen hatte. Es würde ihm eine tiefe Befriedigung verschaffen, herauszufinden, was dieser Anwalt von damals mit dem Höllerich von heute zu schaffen hatte. Jetzt war es langsam an der Zeit, mit Florian Deichler zu sprechen.

31. August, 9.45 Uhr:

Erich Rottmann und Öchsle standen am Friedrich-Ebert-Ring am Rande des Ringparks mit Blick auf ein fünfstöckiges Jugendstilhaus und betrachteten das etwas in die Jahre gekommene Emailschild mit der schwarz auf weißem Grund eingebrannten Aufschrift „Himmlisch & Himmlisch – Rechtsanwälte" rechts von der Eingangstür. Die Inschrift entsprach zwar nicht mehr den Tatsachen, wie er wusste, aber bis jetzt hatte offenbar niemand einen Grund gesehen, das Schild zu aktualisieren. Gestern, kurz nach Beginn der Bürozeit, rief Rottmann bei der Rechtsanwaltskammer in Bamberg an und erkundigte sich nach den Rechtsanwälten Himmlisch in Würzburg. Dabei erfuhr er vom Tod des Rechtsanwalts Josef Himmlisch, dem einen der beiden Partner und Vater von Ingo Himmlisch. Der Senior war bereits vor einigen Jahren an einem Schlaganfall verstorben. Ingo Himmlisch, sein Sohn, betrieb die Kanzlei einige Zeit weiter, verlor dann aber bald wegen massiven Verstoßes gegen die anwaltlichen Standesregeln auf Dauer seine Zulassung. Dieses Ermittlungsergebnis hatte einige Vorbereitungen für den jetzigen Besuch erforderlich gemacht.

Nachdem die Straße frei war, überquerten Herr und Hund die Fahrbahn. Rottmann warf einen prüfenden Blick auf das Klingelschild. „Himmlisch" war der dritte Name von unten. Rottmann überlegte kurz: Zwei Parteien pro Stockwerk, der Mann, den er besuchen wollte, musste sein Büro also im ersten Stock haben. Die Haustür war nur angelehnt, so dass Rottmann einfach eintrat und über die ausgetretene Holztreppe hinaufstieg. Die langen Krallen des Rüden erzeugten auf dem Holz klackende Geräusche.

„Na, dann wollen wir mal sehen, ob jemand zu Hause ist", brummelte Rottmann und drückte auf den Klingelknopf. Es ertönte ein schepperndes Geräusch, das sicher in der Lage gewesen wäre, Tote aufzuwecken. Wenig später hörte man Schritte. Kurz darauf wurde geöffnet. Im Türrahmen stand das Original des Mannes vom Videoausdruck und musterte Rottmann und Öchsle mit misstrauischen Blicken.

„Ja bitte?"

„Grüß Gott, Herr Himmlisch … oder soll ich besser Herr Höllerich sagen?"

Himmlisch kniff die Augen zusammen, dann fauchte er: „Was soll der Quatsch? Machen Sie, dass Sie wegkommen!"

„Warum so unfreundlich", erwiderte Rottmann und sah ihn durchdringend an. „Sie erkennen mich nicht wieder?"

„Hauen Sie ab! Ich habe keine Zeit für solchen Mist!"

Rottmann griff langsam in die Innentasche seiner Joppe, zog den zusammengefalteten Ausdruck heraus und hielt ihn Himmlisch unter die Nase.

„Dann will ich Ihnen ein bisschen auf die Sprünge helfen. Das hier sind Sie, als Sie vor einigen Tagen die Alte Mainmühle betreten haben, um dort Jo-Berta Enterich, den Wirt, zu bedrohen, respektive zu erpressen."

„Sie sind ja verrückt!", giftete Himmlisch los und wollte die Tür zudrücken. Dabei rutschte sein Jackenärmel nach hinten und Rottmann konnte das Tattoo eines Skorpions erkennen. Blitzschnell stellte der Exkommissar seinen Fuß in die Tür.

„Nicht so schnell! Sie waren nicht nur in der Alten Mainmühle, sondern haben auch versucht, den Wirt des Brückenbäcks, die Besitzerin des Mainwein-Bistros und den Inhaber der Vollkornbäckerei zu erpressen. Ihr Spiel aus!" Rottmann lächelte: „Übrigens ein sehr sinniges Wortspiel: Himmlisch – Höllerich. So viel Fantasie hätte ich Ihnen gar nicht zugetraut."

Himmlisch stieß ein höhnisches Gelächter aus. „Das müssten die erst einmal beweisen. Ich habe mit jedem alleine, unter vier Augen gesprochen. Da steht Aussage gegen Aussage. Und jetzt verschwinden Sie, sonst rufe ich die Polizei!"

„Kein Problem, da kann ich aushelfen", erwiderte Rottmann und griff an den Kragen seiner Joppe. „Florian, ich denke, das genügt", sprach er in das kleine Mikrofon, dabei lächelte er Himmlisch freundlich an. Ehe der aus seiner Schreckensstarre erwachte, hörte man unten auf der Treppe das harte Trampeln eiliger Männer. Hastig warf Himmlisch die Tür ins Schloss. Rottmann ließ ihn gewähren, öffnete sein Hemd und entfernte die Kabel, mit denen er verdrahtet war. Als Florian Deichler mit zwei Kripobeamten des Erpressungsreferats im Gefolge auf dem Treppenabsatz ankam, drückte der Exkommissar ihm die Abhörausrüstung in die Hand. „Ich denke, der Rest ist für euch ein Kinderspiel." Langsam stieg er mit Öchsle die Treppe hinunter. Hinter sich hörte er die rauen Stimmen der Polizeibeamten, die Himmlisch aufforderten die

Tür zu öffnen. Als er auf die Straße trat, ertönte im Haus ein lauter Knall. Die Polizisten hatten die Tür aufgebrochen.

Ingo Himmlisch alias Höllerich sang nach anfänglicher Verstockung bei der Vernehmung wie eine Nachtigall. Er gab zu, zu einer Bande von Schutzgelderpressern zu gehören, habe aber nur als Bote fungiert. Ansonsten könne er nicht viel zur Aufklärung beitragen, weil ihm die Identität des Chefs nicht bekannt sei. Die Beschreibung, die er abgab, war sehr vage und traf auf hunderte Männer in Unterfranken zu. Der Mittäter Ringo Baunach, auf den er die Gewalttaten in den Lokalen schob, hatte sich vor einem Zugriff der Polizei in Luft aufgelöst und wurde auf die Fahndungsliste gesetzt.

Felix Luchs, der aus dem Ordnungsamt heraus von der Bande erzwungene Unregelmäßigkeiten beim Brückenausschank verursachte, musste zwar mit einem Disziplinarverfahren rechnen und wurde rein vorsorglich in den Aktenkeller zum Abstauben der dortigen Dokumente versetzt. Strafrechtlich war ihm aber nichts nachzuweisen. So blieb letztlich alles an Himmlisch hängen. Wegen bestehender Fluchtgefahr landete er in Untersuchungshaft.

5. September, 8.25 Uhr:

Erich Rottmann stand in dem Nebenraum hinter dem Einwegspiegel, durch den er in das Vernehmungszimmer der Mordkommission blicken konnte, ohne von der anderen Seite bemerkt zu werden. Florian Deichler stand neben ihm.

„Erich, das war eine absolute Ausnahme, dass du bei dieser Vernehmung dabei sein durftest. Ich habe das nur geduldet, weil du der alten Frau Kröger versprochen hattest, auf ihre Enkelin Yvonne aufzupassen, und ihren Tod nicht verhindern konntest. Vielleicht gibt dir das eine gewisse Genugtuung."

Rottmann nickte. Öchsle lag zu seinen Füßen und war ganz still. Er spürte, dass sein Mensch emotional angespannt war.

Im Vernehmungszimmer saß an einem einfachen Metalltisch Helene Jäger, genannt Spuki. Die Handschellen hatte man ihr erspart. Ihr gegenüber Kriminaloberkommissar Werner Rosenbacher, der gerade das vor dem Mädchen stehende Mikrofon ausschaltete. Sie war völlig zusammengebrochen, ihr Kopf lag auf den Unterarmen. Der neben ihr sitzende Pflichtverteidiger räumte ebenfalls seine Papiere zusammen. Die Erwartung, dass sie ein vollständiges Geständnis ablegen würde, hatte sich leider zerschlagen. Sie hatte für den Tatzeitpunkt zwar kein Alibi, aber sie gab an, sich an nichts mehr erinnern zu können, weil sie in diesen Tagen regelmäßig Drogen genommen hatte, um ihre Eifersucht zu ertragen. Ein Drogenscreening bestätigte ihren regelmäßigen Genuss von Crystal Meth. In Kürze würde man sie dem Haftrichter vorführen. Sicher würde er Untersuchungshaft anordnen, weil Fluchtgefahr bestand.

„Wann wurde sie festgenommen?", wollte Rottmann wissen.

„Sie wollte in Hamburg auf ein Schiff. Der Zoll hat aufgepasst und sie aufgrund des bestehenden Haftbefehls festgenommen."

Rottmann verabschiedete sich von Deichler und verließ das Polizeigebäude. Es war zwar nicht hundertprozentig erwiesen, dass Helene Jäger die beiden jungen Leute umgebracht hatte, aber vieles sprach dafür. Für Rottmann war damit der Tod von Yvonne und Philipp weitgehend aufgeklärt. Mehr Klarheit würde er wohl nicht bekommen. Irgendwie bedauerte er die junge Frau, die aus Hass und krankhafter Eifersucht mit hoher Wahrscheinlichkeit im Drogenrausch dieses Verbrechen begangen hatte.

5. September, 20.00 Uhr:

Schöpf-Kelle drängelte sich mühsam durch die Menschenmenge, die sich auf der Mitte der Alten Mainbrücke versammelt hatte. Grund war das Gipfeltreffen der Schöppler und der Bicycler. Mit Unterstützung von Georg Nabenschlager war es Erich Rottmann gelungen, die beiden gegnerischen Parteien zu einem Friedensabkommen zu überreden. Dieses sollte nun auf der Alten Mainbrücke besiegelt werden. Wesentlicher Bestandteil der Vereinbarung war die Beauftragung von Profi-Ordnungskräften, die zukünftig für Ordnung sorgen sollten. Fehlverhalten konnte durch Brückenverweis geahndet werden. Am höchsten Punkt des mittleren Brückenbogens war ein Tisch aufgestellt, an dem sich der Nussige und Jo-Berta Enterich gegenübersaßen. Unter den Klängen des Frankenliedes, das von der Blaskapelle der Dompfarrei intoniert wurde, unterzeichneten sie ein entsprechendes Papier. Als die beiden nach erfolgtem Austausch der Urkunden ein Glas Brückenschoppen in die Höhe hielten und miteinander anstießen, ertönte auf der Brücke lauter Applaus.

Schöpf-Kelle fotografierte wild herum auf der Suche nach dem besten Schnappschuss. Dabei kam er unbewusst Erich Rottmann nahe, worauf Öchsle laut zu knurren begann. Schulterzuckend verdrückte sich der Reporter. Der Rüde und er würden in diesem Leben wohl keine Freunde mehr werden.

Rottmann stand mit Elvira etwas abseits. Beide gönnten sich ebenfalls einen Schoppen. Da eilten Gladiola Römer-Eichstrich und Jo-Berta Enterich auf sie zu und überreichten Rottmann einen edel aussehenden Umschlag.

„Lieber Herr Rottmann", erklärte Gladiola lächelnd, „wir, die Wirte des Brückenschoppens, sind Ihnen zu großem Dank verpflichtet. Wir wissen ja, dass Sie kein Geld nehmen, daher möchten wir Ihnen dieses Geschenk überreichen. Ich hoffe, wir haben das Richtige getroffen."

Etwas verlegen riss Rottmann den Umschlag auf. Er enthielt eine Urkunde, die ihn lebenslänglich zu freien Brückenschoppen auf der Alten Mainbrücke berechtigte, unterschrieben von allen Brückenwirten. Ein wirklich großzügiges Geschenk, wenn man bedachte, was Erich Rottmann so vertragen konnte.

* * *

Epilog

8. September, 0.30 Uhr (Nordmeer, in der Nähe der Lofoten):

Die hochgewachsene, schlanke blonde Frau betrat langsam das Oberdeck am Heck der AIDA, des Kreuzfahrtschiffes, das schon seit Tagen ihr Zuhause war. Der Himmel war bleiern, starke Windböen fegten über die Planken und peitschten das Meer. Die Wellen trugen weiße Schaumkronen und das Schiff stampfte trotz der Stabilisatoren wie ein bockiges Pferd. Sie befand sich seit Beginn der Reise in einer aggressiven Grundstimmung, weil alle Pläne, die ihrem Leben ein wenig Feuer schenken sollten, an der Unfähigkeit dieses Anwalts Himmlisch gescheitert waren. Obwohl sie sicher war, niemand konnte eine Verbindung zu ihr herstellen, hatte sie es für sinnvoll erachtet, für einige Zeit aus Deutschland zu verschwinden. Diese Kreuzfahrt nach Norwegen zum Nordkap war die nächstbeste Gelegenheit gewesen, die ihr das Reisebüro anbieten konnte, um diesen Plan in die Realität umzusetzen.

Sie blieb in der Nähe der automatischen Tür stehen. Kein Mond schien, nur die Deckbeleuchtung brachte ein wenig Licht ins Dunkel. Einige Meter von ihr entfernt stand ein Mann mit dem Rücken zu ihr an der Reling und starrte versunken ins Meer. Er trug ein blaues Basecap und eine Windjacke, die sich im Rhythmus der stürmischen Böen aufblähte. Es war ein dummer Zufall gewesen, dass dieser Mann eines Tages ihre Identität aufdeckte. Obwohl sie wusste, dass er für Himmlisch arbeitete, hatte sie sich, angezogen von seiner animalischen Ausstrahlung, auf ihn eingelassen. Damals wusste er noch nicht, wer sie in Wahrheit war. Eines Tages erwischte sie Baunach dabei, dass er in ihrem Handy, das sie ausschließlich für die Kontakte mit Himmlisch nutzte, herumstöberte.

Zu diesem Zeitpunkt war Philipp Tröster zu einem Sicherheitsrisiko geworden, weil er wegen seiner Freundin aussteigen wollte und für sein Schweigen 50.000 Euro wollte. Ihr war klar, wenn der Junge zum Staatsanwalt ging, den Angriff auf den Fahrradkurier gestand und sich als Kronzeuge zur Verfügung stellte, würde alles auffliegen. Schließlich hatte sie Baunach überredet, Philipp Tröster zu beseitigen, was der prompt erledigte. Nach der Tat hatte Ringo sie in der Hand. Als sie flüchten musste, zwang er sie, ihn mit aufs Schiff zu nehmen, damit er aus dem Schussfeld der Ermittlungsbehörden kam. Sie war von seinem Schweigen abhängig. Ein unerträglicher Zustand!

Noch.

Langsam löste sie sich aus dem Schatten der Deckaufbauten und näherte sich dem einsamen Mann. Sie trug entsprechende Schuhe, so dass sie auf dem von der Gischt nassen Deck nicht ausrutschen konnte. Das Donnern der Wellen und das Heulen des Windes überdeckten jedes Geräusch. Mit einem schnellen Rundblick versicherte sie sich, dass sie mit ihm alleine war. Dicht hinter ihm stehend, bückte sie sich blitzschnell, griff nach seinen beiden Fußknöcheln, stemmte ihn hoch und drückte ihn gleichzeitig nach vorne. Er war schwerer, als sie dachte. Keuchend gelang es ihr, ihn über den Kipppunkt hinauszuheben. Mit einem heiseren Schrei, den der Sturm ihm von den Lippen riss, stürzte er über die Reling, konnte sich aber mit einer Hand an der Metallstange festklammern. Schaukelnd hing er über dem Abgrund. Direkt unter ihm wirbelten die Schiffsschrauben das Meer auf und hinterließen in der Fahrspur einen schaumigen Schleier, der aber umgehend von den Wogen verwirbelt wurde. Mit vor Entsetzen aufgerissenen Augen sah er sie an.

„Verdammt, lass doch los!“, schrie sie gegen die Elemente an und hieb ihm wütend mit der Faust mehrmals hart auf die Finger. Schließlich konnte er sich nicht mehr halten und stürzte mit weit aufgerissenem Mund in die Tiefe. Sein neuerlicher Schrei wurde von den Elementen verschluckt. Wegen der Dunkelheit konnte sie nicht sehen, wie er auf der Wasseroberfläche aufschlug. Sie war sich aber sicher, dass das Meer ihn verschlungen hatte. Aus dieser Wasserhölle kam keiner lebend heraus. Sie sah sich um. Niemand hatte den Vorfall bemerkt. Irgendwann am nächsten Tag würde man sicher den Passagier Ringo Baunach vermissen. Eine Suche würde allerdings vergeblich verlaufen. Ein leichtsinniger Passagier, der auf einer Kreuzfahrt während eines Sturms spurlos verschwand. Eine Verbindung zu ihr gab es nicht. Sie hatten getrennt voneinander mit falschen Papieren gebucht und es vermieden, sich auf dem Schiff zu begegnen. Die perfekte Lösung eines Problems.

Langsam drehte sie sich um und suchte die Wärme des freundlich beleuchteten Niedergangs auf, der sie zu ihrer Kabine führte. Mit Ringo Baunach war der Letzte beseitigt, der ihr noch gefährlich werden konnte. Wenn sie von dieser Reise zurückkehrte, musste sie sich überlegen, wie sie ihr Leben anderweitig aufpeppen konnte. Sie warf einen Blick auf die Bordzeitung, die täglich an die Passagiere verteilt wurde. Danach würden sie übermorgen das Nordkap erreichen. Das Highlight der Reise.

Eine knappe Woche davor, 6.30 Uhr (Rosengasse):

Elvira Stark war einfach verschwunden. Wie vom Erdboden verschluckt! Schon seit zwei Tagen hatte Erich Rottmann sie nirgendwo mehr gesehen. Jetzt muss man nicht denken, Rottmann hätte Sehnsucht nach seiner … Nachbarin gehabt (das Wort *Freundin* hätte er selbst volltrunken nie in den

Mund genommen). Das war sicher nicht der Fall, zumindest hätte er es niemals zugegeben. Auf der anderen Seite war es aber schon merkwürdig, mehrere Tage hintereinander nichts von ihr zu hören. Für gewöhnlich lief sie ihm mindestens einmal am Tag zufällig über den Weg. Wobei Rottmann sich sicher war, sie half dem Zufall meist etwas nach, um mit ihm ein Schwätzchen zu führen! Doch nun hatte er sie das letzte Mal beim Friedensfest auf der Alten Mainbrücke gesehen.

Heute war er überraschend früh aufgewacht. Noch im Schlafanzug stellte er sich an sein Wohnzimmerfenster, von dem aus er zum Nachbargebäude hinübersehen konnte. Elviras Eigentumswohnung lag im obersten Stock. Elvira Stark war eine ausgesprochene Frühaufsteherin und pflegte jeden Morgen die Fenster zu öffnen, um ausgiebig zu lüften. Heute waren alle Fenster geschlossen. Nachdenklich schlurfte er ins Bad. Öchsle, der in seinem Körbchen auf dem Rücken lag und sich streckte und dehnte, warf ihm einen erstaunten Blick zu. So viel morgendliche Dynamik war er von seinem Menschen nicht gewohnt. Als er Rottmann im Bad verschwinden sah, gähnte der Rüte geräuschvoll und rollte sich noch einmal zusammen. Da waren noch gut zwanzig Minuten Schlummer drin.

Nachdem Erich Rottmann alle frühmorgendlichen Notwendigkeiten hinter sich gebracht hatte, warf er erneut einen Blick zum Nachbarhaus hinüber. Noch immer keine Veränderungen! Rottmann nahm sich vor, bis nach dem Frühstück zu warten, dann würde er mal rübergehen und läuten. Theoretisch war es ja möglich, dass sie irgendwo hilflos in ihrer Wohnung lag. Sie hatte schon seit Jahren bei ihm einen Schlüssel hinterlegt, falls sie sich einmal ausschloss oder für sonstige Notfälle. Sollte er?

2. September, 7.08 Uhr:

Jetzt presste Rottmann den Klingelknopf schon zum dritten Mal und noch immer keine Reaktion. Er zögerte einen Moment, dann holte er den von Elvira bei ihm hinterlegten Schlüssel hervor, schloss auf und trat ins Haus. Im obersten Stock betätigte er die Klingel erneut. Wieder keine Reaktion. Jetzt war es ihm egal! Wenn sie noch im Bett lag und sein Läuten nicht hörte, dann lag mit hoher Wahrscheinlichkeit ein Notfall vor. Entschlossen schob er den Schlüssel ins Schloss und öffnete.

„Hallo!", rief er vom Türrahmen aus. „Elvira, bist du da?" Keine Antwort. Mit einem etwas unguten Gefühl betrat er Elviras Reich und ging durch die Zimmer. Nachdem er sich Mut zugesprochen hatte, überprüfte er auch das Schlafzimmer. Keine Spur von Elvira. Auf den ersten Blick war die ganze Wohnung peinlich sauber aufgeräumt, das Bett gemacht. Das war jetzt nicht so ungewöhnlich, denn Elvira schätzte Ordnung und Reinlichkeit. Rottmann und Öchsle waren da eher toleranter. Er überlegte einen Augenblick, dann warf er einen Blick in den Kühlschrank. Er war fast leer! Ein einsames Glas Essiggurken stand im mittleren Fach, in der Tür eine geschlossene Flasche Mineralwasser. Auffällig war, kein einziger Bocksbeutel! Das war allerdings ungewöhnlich, um nicht zu sagen alarmierend! Jetzt machte er sich wirklich Sorgen. Wenn jemand immer einen gut bestückten Kühlschrank besaß, dann Elvira Stark!

Rottmann verließ wenig später die Wohnung, nicht ohne eine Nachricht zu hinterlassen, dass Elvira ihn umgehend anrufen solle, wenn sie nach Hause kam.

2. September, 13.11 Uhr:

Es war kurz nach 13 Uhr, als Erich Rottmann den Stammtisch verließ. Elvira hatte sich nicht gemeldet. Wegen seiner angespannten Stimmung und weil Xaver Marschmann, der neulich Geburtstag hatte, mehrere Freischoppen ausgegeben hatte, gestattete er sich heute einige Schoppen mehr als üblich. Dies machte sich in Form eines leichten Seemannsganges bemerkbar. Öchsle hielt bewusst etwas Abstand zu seinem Menschen, damit er durch gewisse Schlingerbewegungen nicht in Gefahr geriet. Nachdem sie die Rosengasse ein Stück hinuntermarschiert waren, blieb Rottmann plötzlich wie angewurzelt stehen.

„Öchsle, bin ich jetzt betrunken oder habe ich eine Fata Morgana?“, brabbelte er vor sich hin. „Sag mir, steht da tatsächlich ein Wohnmobil vor meiner Haustür?“

Öchsle, erfahrener Hund seines Herrn, beantwortete diese Fragen mit einem freundlichen Schwanzwedeln. Rottmann näherte sich dem Gefährt. In dem Moment ging die Fahrertür auf und Elvira Stark stieg aus.

„Hallo, Erich, grüß dich, heute hast du es aber besonders lange am Stammtisch ausgehalten.“

Rottmann musterte den Camper ausgiebig, dann erkannte er ihn wieder. Es handelte sich um das Wohnmobil, das Elvira Stark vor einiger Zeit überraschenderweise gekauft und am Campingplatz Kalte Quelle geparkt hatte.

„Elvira, um Gottes willen, was ist los? Hast du dein Zuhause verloren?“

Elvira Stark schmunzelte. „Ich habe für dich eine Überraschung!“ Sie griff in die Fahrerkabine und holte einen kleinen, scheckkartengroßen Gegenstand heraus. „Trara!“, rief sie und hielt Rottmann triumphierend ihren neuen Führerschein entgegen. Es dauerte einen Moment, bis diese Tatsache in sein Gehirn eingesickert war.

„Aha", brummelte er schnodderig, nachdem er seine Sprache wiedergefunden hatte. „Wo hast du den denn gewonnen?"

„Erich, du bist ziemlich frech!", erwiderte sie leicht angesäuert. In Anbetracht seines Zustandes fand sie dann aber schnell wieder zur Gelassenheit zurück. „Selbstverständlich ganz ordnungsgemäß vor zwei Tagen bestanden."

Rottmann schüttelte den Kopf. „Das haut dem Fass den Boden ins Gesicht!", stellte er fest. Manche Dinge waren nur schwer zu verstehen. „...und du hast tatsächlich den Camper alleine hierhergefahren?"

„Klar, wer denn sonst?" Sie holte tief Luft. Wahrscheinlich war es gar nicht so schlecht, dass Rottmann etwas angesäuselt war. In völlig nüchternem Zustand hätte er das, was sie ihm noch zu sagen hatte, nur schwerlich gelassen aufgenommen. „Erich, da ist noch etwas."

Rottmann sah sie wortlos an. Heute kam es aber wieder knüppeldick. Irgendwie hatte er ein beengendes Gefühl. Ganz in der Ferne hörte er das bedrohliche Klirren von Ketten.

„Mein Wohnmobil ist vollgetankt, der Kühlschrank voll mit Lebensmitteln und Getränken, der Wassertank aufgefüllt und auch eine Kiste Silvaner habe ich nicht vergessen."

Oh Gott, dachte Rottmann. Erdbeben! Weltuntergang!

„Wir hatten uns doch vorgenommen, mit dem Camper Reisen zu unternehmen. Ich denke, jetzt ist die beste Jahreszeit dafür. Ich schlage vor, du gehst jetzt nach oben und packst das Wichtigste ein. Ach, Futter für Öchsle habe ich auch ausreichend dabei. In einer halben Stunde geht die Reise los!"

„Aber Elvira, wir können doch nicht so einfach davonfahren! Im Übrigen bin ich nicht fahrtüchtig...", fiel ihm gerade noch rechtzeitig ein.

„Aber ich“, gab sie forsch zurück und hielt erneut ihren Führerschein in die Höhe.

„Aber Elvira …“ Stammelnd suchte er nach Gegenargumenten. Er kam sich völlig überfahren vor.

„Nix, aber Elvira‘“, gab sie entschieden zurück. „Es gibt für uns keinen Grund, nicht einfach heute und jetzt in den Sonnenuntergang zu fahren. Deinen letzten Kriminalfall hast du ja mit Bravour gelöst. Du hast also Zeit. Unser erstes Ziel ist ein Campingplatz in der Nähe von Soltau in der Lüneburger Heide. Von dort aus sehen wir dann weiter.“

Erich Rottmann fügte sich tatsächlich in das Unausweichliche. Eine Stunde später lenkte Elvira das Wohnmobil zur Autobahnauffahrt Estenfeld. Der leistungsfähige Turbodiesel beugte sich Elviras Gasfuß und die einhundertachtzig Pferdestärken zogen wenig später das Fahrzeug mit einhundertdreißig Stundenkilometern über die A 7 in Richtung Norden.

Erich Rottmann machte verschiedene Phasen der Verzweiflung durch. Zunächst quälte ihn Panik. Dann wurde ihm schlecht und er kämpfte mit Brechreiz. Schließlich übermannte ihn die Erschöpfung und er schlief ein. Öchsle hatte es sich schon lange auf dem unteren Stockbett bequem gemacht. Er reiste ausgesprochen gerne.

2. September, 19.43 Uhr:

Nach zwei längeren Pausen, in denen Erich Rottmann langsam wieder zu seiner alten Form zurückfand und Elvira sich mit starkem Kaffee puschte, lenkte sie nach fünf Stunden das Wohnmobil auf einen Campingplatz nahe Soltau. Nachdem sie durch verschiedene Fahrmanöver den Camper einigermaßen gerade ausgerichtet hatte, luden sie Tisch und Stühle aus und Elvira stellte sich an den Herd, um ein kleines, aber leckeres Abendessen zuzubereiten. Rottmann ging unterdessen mit Öchsle an einen nahegelegenen See, in dem auch Hunde baden durften.

Die Nacht kam über den Campingplatz. In den Zelten gingen die Laternen an. Auch Elvira schaltete die Außenbeleuchtung des Wohnmobils an, was eine romantische Stimmung erzeugte. Sie holte Gläser aus dem Wagen und öffnete einen Bocksbeutel. Für das, was sie noch auf dem Herzen hatte, musste Rottmann unbedingt ausgeglichener Stimmung sein.

„Erich es tut mir leid, dass ich dich mit meinen Reiseplänen überrumpelt habe. Aber du kennst dich ja, freiwillig wärst du doch nie mitgekommen."

Rottmann brummelte etwas in seinen Bart, das wie Zustimmung klang. „Aber mit der Geschichte mit dem Führerschein hast du mich schön auf den Arm genommen."

„Du siehst, Erich, auch in reiferem Alter steht uns noch die Welt offen."

Es kam kein Widerspruch. So zwei bis drei Tage würde er es schon aushalten. Daraufhin trat eine kleine Pause ein. Öchsle hatte sich den Bauch gefüllt und lag nun neben seinem Herrchen im Gras und schlief.

Elvira holte tief Luft. „Ich muss dir noch etwas erzählen. Werde aber bitte nicht gleich sauer!"

Rottmann, der sich entspannt in den Campingstuhl zurückgelehnt hatte, richtete sich wie elektrisiert auf. „Was ist denn noch?"

„Ich habe unsere Reise etwas umfangreicher geplant, als dir bisher bekannt ist." Sie warf ihm einen prüfenden Blick zu. „Ich dachte mir, wenn wir schon unterwegs sind, können wir doch durch Norwegen bis hinauf zum Nordkap fahren. In gut zwei Wochen müsste die einfache Strecke zu schaffen sein." Sie sah ihn strahlend an. „Wir haben doch alle Zeit der Welt!"

Das Echo war ausgesprochen herb. Erich Rottmann saß in seinem Stuhl und pumpte wie ein Maikäfer. Diese Frau machte ihn noch fix und fertig. Es dauerte geraume Zeit, bis er seine Sprache wiederfand. Dann aber sehr vernehmlich!

„Elvira, das geht wirklich zu weit! Du kannst doch nicht einfach über mich verfügen!"

Einige benachbarte Camper wurden aufmerksam und spähten neugierig herüber. Das war Rottmann aber egal. Er erhob sich abrupt und stapfte wütend davon. Öchsle hob verschlafen den Kopf und sah seinem Menschen nach. Gassi gehen stand eigentlich nicht mehr auf seinem Plan. Schließlich erhob er sich dann doch und trottete Erich Rottmann hinterher. Vielleicht stand ein unerwarteter Einsatz an? Es dauerte geraume Zeit, ehe Rottmann wieder seine Fassung fand. Nachdem er von seiner Wanderung rund um den See wieder zum Campingplatz zurückkehrte, war es tiefe Nacht und Elvira Stark hatte sich schon im Camper zur Ruhe gelegt. Der Schoppenfetzer setzte sich auf den zurückklappbaren Campingstuhl und legte seine Füße auf den zweiten Stuhl. So schlief er die ganze Nacht, den Rüden neben sich. Öchsle schielte zwar mehrfach sehnsüchtig zum Wohnmobil hinüber, harrte aber dann doch aus Solidarität im Freien aus. Zum Glück war es ja eine laue Nacht.

Den nächsten Vormittag verbrachten die beiden in eisigem Schweigen. Rottmann frühstückte in der Cafeteria des Campingplatzes. Ihr erster richtiger Streit, wie Elvira bei sich feststellte. Wenn sie ehrlich zu sich selbst war, hatte Erich mit seiner Verärgerung natürlich nicht ganz Unrecht. Allerdings hätte er sich trotzdem nicht so aufregen müssen! Schließlich meinte sie es nur gut! Irgendwann kam Rottmann von seinem ausgedehnten Morgenspaziergang mit Öchsle zurück und ließ sich wortlos in den Stuhl fallen. So saßen sie eine Weile und jeder betrachtete höchst interessiert etwas in der entgegengesetzten Richtung, während Rottmann den Dampf seiner Pfeife in die Gegend blies.

Irgendwann wurde es Elvira zu blöd. „… und was jetzt?“, wollte sie spitz wissen.

„Heute Nacht schlaf ich drinnen und du draußen!“

„Also Erich, ehrlich…! Jetzt reichts aber! Wenn dir alles so zuwider ist, fahren wir wieder heim!“ Elvira sprang auf, klappte ihren Stuhl zusammen und trug ihn zum Wohnmobil.

Öchsle stand ein wenig verwirrt zwischen den beiden und sah sie an. Dieses Verhalten beunruhigte ihn stark. Der Rüde war eine derartige Gewitterstimmung zwischen ihnen nicht gewöhnt. Als Elvira wieder herauskam, um den Tisch zu holen, begann Öchsle laut zu winseln, unterbrochen von einem erbärmlichen Jaulen. Ein leichtes Zittern fuhr durch seinen Körper. Betroffen sah Erich Rottmann seinen Hund an.

„Mein Junge, was hast du denn? Wirst du krank?“ Er erhob sich vom Stuhl und kniete neben Öchsle nieder. Sanft streichelte er ihm über den Kopf. Der Rüde leckte ihm über die Hand. Auch Elvira war stehen geblieben und musterte Öchsle.

„Könntest du bitte kurz bei ihm bleiben, ich eile zum Platzwart. Er kann mir sicher den nächsten Tierarzt nennen.“

Elvira kniete auf der anderen Seite des Hundes und streichelte ihn ebenfalls. Schlagartig hörte das Zittern auf und Öchsle wackelte erfreut mit dem Schwanz.

Elvira überlegte eine Sekunde, dann rief sie ihm leise hinterher: „Ich denke, den Tierarzt kannst du dir sparen. Das sensible Tier leidet einfach, weil wir streiten. Du siehst, wenn wir beide freundlich miteinander umgehen, geht es ihm gleich wieder gut.“

Erich Rottmann musterte Öchsle einen Moment prüfend. Der Rüde begann fröhlich um ihn herumzuspringen.

„Ich glaube, du hast recht", gab er schließlich ein wenig widerwillig zu. „Also gut, begraben wir für Öchsle das Kriegsbeil."

„... und wie geht's weiter?", wollte Elvira vorsichtig wissen.

„Meinetwegen weiter nach Norden. Wenn ich ehrlich bin, wollte ich schon immer mal nach Norwegen. Allerdings wäre es mir lieber gewesen, ich hätte die Reise geplant. Ob wir es bis zum Nordkap schaffen, werden wir sehen."

Elvira kommentierte das jetzt nicht, sie hatte eine andere Frage: „... und wie regeln wir das mit dem Schlafen? Draußen schlafe ich auf jeden Fall nicht!"

Rottmann schmunzelte. „Ich schlage vor, das klären wir dann von Fall zu Fall!"

Öchsle war der Erste, der in den Camper einstieg und hechelnd auf die beiden Menschen wartete. Offenbar traute er dem Frieden doch noch nicht ganz.

Wenig später saß Erich Rottmann am Lenkrad und steuerte den Camper über die Autobahn gen Norwegen. Öchsle hatte es sich wieder auf dem unteren Stockbett bequem gemacht. Für ihn war die Schlafproblematik geklärt.

9. September, 11.12 Uhr (Norwegen – Nordkap):

Das Nordkap lag bedauerlicherweise, wie so oft, in dichtem Nebel. Die große Erdkugel, die auf einem Sockel die Spitze des Felsens bildete, der als das geografische Nordkap galt, war schon aus kurzer Entfernung nur noch schemenhaft zu erkennen. Während des Transfers mit den Bussen von der AIDA hierher hatten die Reisenden die karge Landschaft auf sich wirken lassen, in der hin und wieder vereinzelt Rentiere auftauchten, die sich von den mageren Flechten ernährten. Am Kap selbst war das Wetter dann grau und trostlos. Mit dicken Jacken schützten sich die Menschen vor der nasskalten Witterung. Trotzdem versammelten sich zahlreiche Touristen um die beeindruckende Plastik, um Erinnerungsfotos zu schießen.

Die schlanke, langhaarige Frau, die sich hier Lena Becker nannte, war dick in einen roten, wärmenden Anorak gehüllt und zog die Kapuze dicht um den Kopf. Auch sie schoss mit dem Mobiltelefon diverse Aufnahmen. Unwillkürlich rieb sie sich die schmerzende Kante der rechten Hand. Eine unschöne Erinnerung an die Hiebe auf die klammernden Finger ihres Opfers. Sie wandte sich ab und bewegte sich in Richtung des Ausstellungsraumes des nahen Nordkaphauses. Plötzlich blieb sie so abrupt stehen, als wäre sie gegen eine Mauer gelaufen. Das konnte doch nicht sein! Der Mann dort drüben hätte ein Doppelgänger sein können, aber niemals der Hund! Der Typ trug ebenfalls eine dicke Jacke, aber sein Kopf war unbedeckt. Dieses Gesicht mit dem Vollbart und den kurzen weißen Haaren war unverwechselbar. Sie erkannte ihn! War das eine Fata Morgana? Das war Erich Rottmann, der Exkommissar aus Würzburg! Schnell wandte sie sich ab und beobachtete die beiden von der Seite. Die Entfernung zu ihnen betrug nur etwa dreißig Meter. Aber wegen des Dunstes und der vielen Menschen um sie herum erweckte ihr Verhalten keine Aufmerksamkeit. Der Schrecken saß tief. Was hatte das zu bedeuten? Dieser Rottmann war ein Schnüffler! Was wollte er am Kap? Das konnte doch kein Zufall sein! Hatte man ihr diesen Kerl womöglich auf die Spur gesetzt? War sie jetzt total paranoid? Plötzlich steuerte eine kräftige Frau, eingepackt in einen hellblauen Anorak, aus dem Dunst auf Rottmann zu. Auch sie war ihr bekannt! Die beiden besprachen sich kurz, dann schlugen sie samt Hund eine bestimmte Richtung ein. Die blonde Frau wartete eine Sekunde, dann folgte sie ihnen, ehe sie vom Nebel verschluckt wurden.

Sie musste wissen, was das zu bedeuten hatte. Waren sie möglicherweise auch Passagiere auf der AIDA und mit einem der anderen Busse hierhergefahren? Aber mit Hund? Unmöglich! Sie beruhigte sich etwas. Fünf Minuten später näherten sich die drei einem Parkplatz, auf dem eine lange Reihe von Wohnmobilen und Bussen stand. Der Mann und die Frau stiegen in ein Wohnmobil ein. Der Hund ließ sich davor nieder. Die Verfolgerin näherte sich dem Wagen so weit, dass sie das Nummernschild mit dem Würzburger Kennzeichen erkennen konnte. Sie hatte sich also nicht getäuscht! Ihr fiel ein Stein vom Herzen, Rottmann war also nicht auf dem Schiff. Offenbar nur ein irrer Zufall! Sie drehte sich um und eilte zu ihrer Gruppe zurück. Der Bus würde in einer halben Stunde zum Schiff zurückfahren. Sie hatte heute früh Gerüchte gehört, man würde einen männlichen Passagier vermissen. Wirklich eine traurige Sache. Sie hoffte, das Schiff würde pünktlich ablegen.

Öchsle war froh, noch einige Zeit im Freien verbringen zu können. Während der Fahrt mit dem Camper war seine Bewegungsfreiheit doch erheblich eingeschränkt.

Plötzlich trug ihm die feuchte Brise eine feine Witterung zu, die ihm irgendwie bekannt vorkam. Sein ausgezeichnetes Nasengedächtnis, das er von seinen Urahnen, den Wölfen, geerbt hatte, ließ ihn den Kopf heben und aufmerksam die Umgebung mustern. Unweit von ihm entdeckte er im Nebel eine schemenhafte menschliche Gestalt, die dort stand und in seine Richtung starrte. Gerade als er sich erheben wollte, um sich Klarheit zu verschaffen, trat der Mensch in den Nebel zurück und wurde nach wenigen Metern vom Dunst aufgesogen. Mit ihm verschwand auch die Witterung. Öchsle überlegte kurz, ob er den Menschen verfolgen sollte, dann trabte zum Wohnmobil. Es wurde Zeit für ein Nickerchen im Stockbett.

9. September, 15.12 Uhr:

Jeder Passagier musste nach jedem Ausflug beim Betreten des Schiffes eine Sicherheitskontrolle durchlaufen. Gerade hatte sie die Untersuchung mit dem Handscanner hinter sich gebracht und wollte das Unterdeck betreten, als zwei Männer in Uniform auf sie zutraten.

„Entschuldigen Sie bitte, Frau Becker, mein Name ist Michaelson, ich bin der Kapitän der AIDA, das ist mein Erster Offizier, Herr Cappello. Würden Sie uns bitte zu einem Gespräch folgen.“ Die Aufforderung war höflich, aber bestimmt.

Die Gedanken rasten durch ihren Kopf. Was wollten die Männer von ihr? Als sie protestieren wollte, hob der Kapitän gebieterisch die Hand und erklärte mit gedämpfter Stimme: „Bitte machen Sie kein Aufsehen!“ Er wies mit der Hand in einen Nebengang, der, wie die Aufschrift auf einem Schild erklärte, dem Personal vorbehalten war. An Flucht war nicht zu denken. Sie saß in der Falle! Die beiden Männer führten sie direkt in einen Raum, der außer einem Stockbett mit Matratze, einem Tisch und einen Stuhl unmöbliert war. Licht kam durch ein kleines Bullauge. Durch eine weitere Tür blickte man in eine Toilette. Der Erste Offizier schloss die Eingangstür von innen.

„Frau Becker, als Kapitän dieses Schiffes verhafte ich Sie wegen des Verdachts auf Mord. Wir laufen als nächsten Hafen Bergen an. Da wir unter italienischer Flagge fahren, ist dieses Schiff italienisches Hoheitsgebiet. Sie werden daher in Bergen den norwegischen Behörden übergeben, die Sie an die italienische Botschaft nach Oslo überstellen werden. Wie es dann für Sie weitergeht, wird dort entschieden. Bis Bergen bleiben Sie hier in Arrest.“ Er wandte sich zur Tür.

Mittlerweile hatte sie sich etwas gefangen. Wütend schrie

sie los: „Das ist eine bodenlose Unverschämtheit! Wie kommen Sie dazu, mir Derartiges zu unterstellen! Was Sie machen, ist Freiheitsberaubung!“

Der Erste Offizier zog eine bedauernde Miene. „Ich fürchte, es sieht schlecht für Sie aus. Bei Ihrer Tat haben Sie leider die beiden Überwachungskameras am Heck übersehen, die Sie gefilmt haben. Nachdem heute ein Passagier vermisst wurde, haben wir routinemäßig die Aufnahmen aller an Bord befindlichen Kameras kontrolliert. Das Ergebnis ist trotz der schlechten Sicht, die damals herrschte, eindeutig.“ Unter der Tür blieb er nochmals stehen. „Wenn Sie etwas benötigen, klopfen Sie. Vor der Tür steht immer eine Wache.“ Damit verließ er den Raum, das Schloss rastete ein.

In einem Anfall wilder Wut riss sie sich das Amulett mit dem angreifenden Skorpion vom Hals und schleuderte es nebenan in die Toilette. Eine sinnlose Handlung, denn ihre falschen Papiere würden einer genauen Überprüfung nicht standhalten, das war ihr klar. Ihre Fingerabdrücke, die ihr einmal vor Jahren abgenommen wurden, weil sie in Würzburg von einem Stalker verfolgt wurde, waren sicher noch registriert. Rialena Beckstein-Mannfeld warf sich mit einem spitzen Wutschrei auf die harte Matratze.

Ende